Кайкалдыҥ Јеринде

Алисала болгон учуралдар

Кайкалдыҥ Јеринде Алисала болгон учуралдар

Alice's Adventures in Wonderland in Altai

Льюис Кэрролл

Јурукчызы
Джон Тенниел

Алтай тилге
Кӱлер Тепуков
Кӧчӱрген

evertype
2016

Бичик басма/*Published by* Evertype, 19A Corso Street, Dundee, DD2 1DR, Scotland. *www.evertype.com.*

Кайкалдыҥ Јеринде Алисала болгон учуралдар (*Kaykaldıñ Cerinde Alisala bolgon uçuraldar*). Original title: *Alice's Adventures in Wonderland. This translation was based on the Russian translation by Nina Mikhailovna Demurova* / Алтай тилге кӧчӱриш Н.М. Демурованыҥ орус тилге кӧчӱргенинеҥ эдилген (Л. Кэрролл. *Алиса в Стране чудес и в Зазеркалье. Пища для ума.* Москва: Издательство «Э», 2016, 608 с.).

Редакторы ла корректоры/*Editing and Proofreading* Нина Тепукова/*Nina Tepukova*

Јӧмӧӧчи редакторы/*Advisory editor* Виктор Фет/*Victor Fet.*

Баштапкы чыгарганы/*First edition* 2016 ј. Reprinted with corrections June 2019.

Бу бичиктиҥ каталог бичимелин Британ бичиккананаҥ табар аргалу.
A catalogue record for this book is available from the British Library.

ISBN-10 1-78201-177-3
ISBN-13 978-1-78201-177-4

Гарнитуразы De Vinne Text, Mona Lisa, ENGRAVERS' ROMAN, ла *Liberty* Майкл Эверсон.
Typeset in De Vinne Text, Mona Lisa, ENGRAVERS' ROMAN, *and Liberty by* Michael Everson.

Јурукчызы/*Illustrations*: *Джон Тенниел*/John Tenniel, 1876.

Кадары/*Cover*: *Майкл Эверсон*/Michael Everson.

Кöчÿреечининг кире сöзи

Бистиҥ кару ла тооҥјылу кичинек кычыраачыларыс, слерди Льюис Кэрроллдыҥ *Кайкалдыҥ Jеринде Алисала болгон учуралдар* деп сÿреен јилбилÿ чöрчöгиле таныштырып јадыс.

Чарльз Лютвидж Додсон* 1832 јылдыҥ чаган айыныҥ 27-чи кÿнинде Англияныҥ Чешир графствозында— Дарсбери деп кичинек јуртта чыккан. Оныҥ адазы Чарльз Додсон деп абыс болгон, энези—Фрэнсис Джейн Лютвидж. Jаҥы туулган балага ада-энези эки ат берген: баштапкызы Чарльз, адазына учурлап, экинчизи Лютвидж—энезиниҥ öбöкöзиле. Додсон јаанайла, ÿлгерлер чÿмдеп турган öйдö, бойына псевдоним сананып тапкан. Ол Чарльз Лютвидж деп адын латын тилге кöчÿрерде, Каролюс Людовикус боло берген. Олорды јерлериле солыштырып ийерде—Людовикус Каролюс. Оноҥ оны ойто англичан тилге кöчÿрерде, Льюис Кэрролл деп псевдоним бÿткен.

Кичинек Чарльзта ÿч ака-карындаш ла јети эје-сыйын болгон. Бу јаан билениҥ балдары јаантайын аркаларда ла

***

* Льюис Кэрроллдыҥ öбöкöзи орус тилле «Доджсон» деп јастыра айдылат. Англичан тилде «g» танык айдылбайт, оныҥ учун бис «Додсон» деп бичидис. Шак мынайда Кэрролл бойыныҥ öбöкöзин айдатан.—М. Э.

jаландарда амырап jӱрерин jакшызынатан, эжинерге, кемеле jӱзерин, бичик кычырарын сӱӱйтен. Адазы олорды бойы бичик-биликке ӱреткен.

Кожо чыккан карындаштарынаҥ öскö, Чарльзта кöп наjылар болгон. Jууктарыныҥ айдыжыла болзо, айылдаш-тардыҥ кискелери ле ийттери, кабык-курттар, карыштактар ла кара бакалар нöкöрлöри болгон.

12 jаштуда оны ада-энези Ричмонд каланыҥ школына берген, онон Рэгби каланыҥ ады jарлу школына кöчӱрген. 1850 j. Чарльз ӱредӱзин тӱгезеле, бир jылдыҥ бажында Оксфордтыҥ колледжинде ӱредӱзин улалткан. Мында ол математика билимдерле jилбиркеп, классикалык тилдер ӱренерине jаан аjару эткен. 1855 j. ала jӱрӱминин учына jетире бу ла колледжте математиканыҥ ӱредӱчизи болуп иштеген. Бош öйлöрдö карандашла, кöмӱрле кöп jуранган, фото-сӱр согорыла jилбиркеген.

Мистер Додсон балдардыҥ ортозына jӱрерин сӱӱйтен. Олорды театр апарып, айлына кычырып, бойы сананып тапкан jилбилӱ учуралдарын куучындайтан; кичинек наjыларына самаралар да бичийтен, ээжилерлӱ ойындар сананып табатан. Тургуза öйдö «Дублеты» деп ойынды балдар jаҥыс та Англияда эмес, бисте де ойноп jат. Оныҥ ээжизи мындый: кандый бир сöсти алала, оныҥ jӱк бир таныгын солып, öскö сöс бӱдӱрер. Темдектезе: *jыл—кыл—кол—кош—кос*. Кöп jаҥы сöстöр сананып тапкан кижи jеҥӱчи болуп чыгар.

Мистер Додсон шахмат, крокет, бильярд ла триктрак ойноорын сӱӱйтен. Бу ойындарга ол jаҥы ээжилер сананып, jӱрӱжи jанынан jилбилӱ учуралдар чӱмдеп, балдарга куучындайтан. Олордыҥ кезиги (кöзöр лö крокет) *Алисаныҥ учуралдарына* кирген.

Ол jаҥыс та ойындар эмес, анайда ок jорыкчылар алып jӱрер шахмат чӱмдеген. (Оны мынайда эткен: фигуралар-дыҥ алдына кичинек чертӱ эдип, олорды ойдыктарга отургыскан). Анайда ок карануйда бичиир Никтограф деп jазал эткен. («Тӱн» ле «бичиир» деп грек сӧстӧрди бириктирерде, «Никтограф» деп сӧс бӱткен). База тоозыjок ойындар ла сюрпризтер; jелимниҥ солынтызын; тоолорды 17 ле 19-ка ӱлегенде, каруузын шиндеер эп-аргалар; математикада ПИ-ни табарыла колбулу эп-арга ла онон до ӧскӧзин сананып тапкан.

Мистер Додсон 1898 jылдыҥ чаган айыныҥ 14-чи кӱнинде Глифордто божогон, анда ла сӧӧги jуулган.

Чӧрчӧккӧ кирген 10 jашту Алиса Лидделл jаркынду ла узун jӱрӱм jӱреле, 1934 j. божогон. Поэттиҥ тӧрӧл jуртында, Дарсбериниҥ серкпезинде тургызалган витражта[1] санааларына алдырган Додоло кожо Алиса турат. Олорды Ак Кролик, Шляпник, Тулаанай Койон, Чешир Мый ла ӧскӧлӧри де курчайт.

*   *   *

Алтай балдарга сый болуп, jарлу англичан бичиичининг, Льюис Кэрролдыҥ, *Кайкалдыҥ Jеринде Алисала болгон учуралдар* деп ойгортулу (философиялык) чӧрчӧги ак-jарыкка чыкканы алтай литератураныҥ база бир jаан jедими болуп jат. Бу чӧрчӧкти алтай тилге кӧчӱрерге сӱреен кӱч болгон, је мен jилбиркеп иштеп, чӱмдемел ижимди jозокту тӱтестим дезем, jастыра болбос. Ӧскӧ тил ӧскӧ лӧ. Оныҥ аҥылузы, байлыгы иле, кокыры, сӧслӧ ойнооры бистийине чек келишпейтени билдирлӱ. Кандый бир сӧсти орус тилдеҥ кӧчӱргенде, кӱч айалгалар, ондошпостор до боло берет. Эмдиги тилисте туштап турган ӧскӧ калык-тардыҥ сӧстӧри, бой-бойынаҥ башка учурлу ондомолдор бир сӧслӧ айдылат. Темдектезе: «принц» (немец сӧс), «господин», «чиновник» (орус сӧстӧр) деп сӧстӧрди «бий» деп сӧслӧ темдектейдис. Керек дезе ӧбӧкӧлӧрис кӧзӧр ойында ол ло «бий» деп сӧсти тузаланып, эмдиги биске jетирген. Оныҥ учун чӧрчӧктӧ Бий ле Бий-Абакай (король, дама) деп геройлор бар. «Валет» деп сӧс араб тилде—«уулчак», анаҥ ары француз тилге кӧчӱп, «јалчы» деп сӧсти темдектейт. Мен оны Јалчы деп айтпаска, Валет ле деп арттырып салдым.

Оригиналда *pig~fig* (VI-чы бажалыкта) деп сӧстӧрдиҥ ойногон табыштарын алтайлап *мумпук~кӱртӱк* деп солыдым: («*Сен мумпук дедиҥ бе, айса кӱртӱк дедиҥ бе?*»; (кӱртӱк (*Lyrurus tetrix*)—аҥдап адар куштардыҥ бирӱзи). IX бажалыкта Кэрролл сургалдыҥ каламбурларында— Reeling and Writhing ('Оролгон ло Толголгон') деп сӧстӧрди Reading and Writing деп сӧстӧргӧ ойын эдет. Алтайлап эжер уйгаштыру талдалып, *чийгенис* ле *кычырганыс* деп сӧстӧр *чейгенис* ле *кычыганыс* деп сӧстӧрлӧ солынды. Ариф-метиканыҥ *кожулаачы, астадаачы, катаптаачы, ӱлеечи* деген тӧрт действиези *коштоочы, астамчы, каткычы, ӱргӱлеечи* деп сӧстӧрлӧ база солынган. Анайда ок ӧскӧ дӧ кӧп каламбурлар сананып таптым; кезиги Н. Демурованыҥ орус кӧчӱрижинеҥ алынган. Кэрроллдыҥ Mystery ле Seaography деп сӧстӧриниҥ ордына ('History' ле 'Geo-graphy' деп сӧстӧргӧ ойын) *Суузындар* ла *Талайӱстилик* деп сӧстӧр тузаланылган; *Суузындар* деп сӧс *Соојындар* деп сӧслӧ ойнолот. Laughing and Grief ('Каткы ла Кунук', 'Latin and Greek' деп сӧстӧрдиҥ ордына ойнолот) бистиҥ кӧчӱриште *Драматиканы* ла *Илелетураны* деп берилет. ('Литература'—оок балдардыҥ тилинде 'Илелетура').

Кэрроллдыҥ тоологон эҥ кӱч ӱч предмеди—Drawling, Stretching, Fainting in Coils ('Јастыра айдыш, Керилиш, Толголо јыгылып талганы') 'Drawing, Sketching, Painting in oils' (Јураныш, Графика, Живопись) деп сӧстӧргӧ ойын болот. Бу сӧстӧрдиҥ ордына бистиҥ кӧчӱришке мындый сӧстӧр кирет: *Баканиканыҥ* (*бака* деп сӧстӧҥ улам); *Бийелогия* (*бийе, бије*), *Јууланарга* (*јуранарга*). Олор

Ботаника, Биология, Јуранары деп сӧстӧргӧ ойын болгонын кажы ла бала билип-танып ийер аргалу.

Чӧрчӧкти бӱткӱлинче кӧргӧндӧ, оныҥ јаан ойгортулу учуры билдирет. Сӧслӧ ойногондо, алтай тилдиҥ байлыгы иле, кокырлар да, ӱлгерлер де учуралдарды јилбилӱ эдет. Чокымдап айткажын, кокырларда эки сӧстиҥ эмезе эки сӧсколбуныҥ учуры башка да болзо, је олор тӱҥей угулып, кандый да јарабас кылыкты шоодот. Балдар бойыныҥ тӧрӧл тилиле «Алисаны» кычырала, аланзу јогынаҥ, ӧрӧ айдылганын аайлап-билип алар.

Бистиҥ алтай сӧстӧрис те, кӱӱн-табыс та, кылык-јаҥыс та ӧскӧ укту-тӧстӱ калыктардаҥ башка, Алтай јеристиҥ тындуларына тӱҥей тындулар олордыҥ јеринде јӱрбей јат. Онон улам сӧстӧрлӧ ойноорго, кокырлаарга келижерде, «Алисага» су-алтай сӧстӧрди, сӧсколбуларды, кокырларды кийдирип, бистиҥ кӧрӱмиске келишкедий тилдиҥ ойын-чыктарын сананып тапканым бу болор.

Пародиялу ӱлгерлерди кӧчӱрип, олорды алтай балдар аайлазын деп, рифмаларды билгир тузаланар керек болгон. Анайда ок ӱлгерлерде биске јуук сӱр-кеберлер јок болгоны кӧчӱриште јаан кӱчтер эткен. Андый да болзо, кеендик литератураныҥ эп-марын тузаланып, бу јайаандык иш јеҥӱлӱ тӱгенген.

Европада ла Азияда јадып турган эки башка албатыныҥ кӧгӱс байлыгын, анчада ла балдар таскадары јанынаҥ сурактарды алза, олор чек башка болгонын кажыбыс ла билерис. Је Алиса кылык-јаҥыла алтай балдарга тӱҥей: андый ла уккур ла тоомјылу, тындуларла нӧкӧрлӧжип, ар-бӱткенди сӱӱйт. Кажы ла албатыныҥ болчомдоры ада-јаш тушта тӱп-тӱҥей јол ӧдӱп јат. Јӱрӱм јаҥыс ла ойында деп олор бодойт, неге ле јилбиркеген, кайда ла кирген, нени ле кылынган турар. Чӧрчӧкти кычырып, кажы ла бала Алисанаҥ бойын кӧрӱп ийер деп аланзыбайдым.

Кичинек кычыраачыларыстың көрӱмине бу чӧрчӧк сӱреен јуук болор деп иженедим, нениң учун дезе, бистиң кай чӧрчӧктӧристе баатырлар кара тамыга тӱжӱп, јайым ла чындык учун тартыжу ӧткӱрет. Алиса база андый ла јол ӧдӧт. Ол уйку аразында—тӱш јеринде база јердиң тӱби јаар тӱжӱп, је Кайкалдың Телекейине једет. Ол база ак-чек тартыжуда—јаргыда туружат.

Кайкалдыҥ Јеринде Алисала болгон учуралдар деп алтай тилге кӧчӱрген чӧрчӧкти балдар кычырып, су-алтай тилистиҥ байлыгыла, эрмегиниҥ экпиниле, јаражыла, ээлгириле, байла, оморкоор.

Бу чӧрчӧк-бичиктиҥ аҥылузы неде дезе, ол тӧрӧл тилин кеҥидерге ле элбедерге, оныҥ тын ӧзӧгин билерге уулам-јыланган амаду болор.

Кӱлер Тепуков
Горно-Алтайск кала
Республика Алтай
Россия Федерациязы
Јаан изӱ ай, Мечин јыл (Июль, 2016)

Предисловие

Льюис Кэрролл—псевдоним Чарлза Латвиджа Додсона* (1832–1898), знаменитого английского писателя и преподавателя математики колледжа Крайст Чёрч в Оксфордском университете. Он был близким другом семьи ректора колледжа, Генри Лидделла, и рассказывал сказки юной Алисе (которая родилась в 1852) и её старшим сестрам Лорине и Эдит. Однажды—4 июля 1862 года—Кэрролл, его друг, преподобный Робинсон Дакуорт, и трое девочек отправились на лодочную прогулку и устроили пикник на берегу реки. Во время этой прогулки Кэрролл и рассказал историю о девочке по имени Алиса, которая упала в кроличью норку и её необычайных приключениях в волшебной стране. Алиса попросила Кэрролла записать для неё эту сказку, и через некоторое время рукопись была готова. Позже к ней были сделаны добавления и исправления, и в 1865 г. была опубликована книга. С тех пор всевозможные версии *Приключений Алисы в Стране чудес*

---

* Настоящая фамилия Льюиса Кэрролла традиционно, но неверно передаётся по-русски как «Доджсон». В английском оригинале буква «g» не произносится, поэтому мы используем написание «Додсон». Именно так сам Кэрролл произносил свою фамилию. —М. Э.

появились на различных языках по всему миру. Перед вами—первый перевод на алтайский язык.

Алтайский язык относится к кыпчакской ветви центральной тюркской языковой семьи. Близкие к нему языки— кыргызский, карачаево-балкарский. Алтайский язык является вторым государственным языком в Республике Алтай Российской Федерации. Последняя перепись населения в Республике Алтай показала, что число носителей алтайского языка составляет 90 тыс. человек. Алтайцы— коренной народ, населяющий горы и предгорья географического Алтая.

До революции 1917 года в Ойротии (на Алтае) существовала письменность тодо-бичик—«ясное письмо», созданная в 1648 г. на основе старомонгольского письма ойратским просветителем Зая Пандитой для приближения письменности к произношению, а также упрощения записи санскритских и тибетских заимствований, широко использовавшихся в религиозных текстах.

В 1928 г. был введен латинский алфавит, использовался он до 1938 г. С 1938 г. после отмены латинского алфавита государством введен алтайский алфавит на основе русского языка из 37 букв.

Алтайская литература имеет богатые фольклорные и письменные традиции. Выделяют четыре основных периода ее развития: древнетюркский, охватывающий с VI по XII век; тюрко-монгольский—с XIII по XVIII век; литература второй половины XIX–начала XX вв.; и современный— XX–XXI вв.

В 2015 году я перевел и издал на алтайском языке для детей сборник рассказов *Филипок* Л. Н. Толстого. Переведены почти все сказки Г.-Х. Андерсена, братьев Гримм, но отдельными книгами они не изданы. Из зарубежных авторов отдельными книгами изданы *Приключения барона Мюнхгаузена* Э. Распе (1957), переводчик И. Сабашкин;

Маленький принц А. Сент-Экзюпери (2008), переводчик Б. Бедюров. Книга издана по моей инициативе и под моей редакцией детским журналом *Солоны* при поддержке Фонда А. Сент-Экзюпери (Франция).

С русского на алтайский и из литератур народов СССР было переведено очень много книг. В своем творчестве для детей и как главный редактор детского журнала *Солоны* (Радуга) я большое внимание уделяю вопросам патриотизма, чтобы наши дети любили свою малую и большую Родину. Очень много стихов написал о фауне и флоре Алтая. Хочу, чтобы дети с малых лет знали свой край, узнавали птиц, зверей, насекомых и растительный мир. Если дети с малых лет познакомятся с окружающим миром и полюбят природу, они будут бережно относиться ко всему.

Сказка великого английского писателя Льюиса Кэрролла *Приключения Алисы в Стране чудес* (*Кайкалдыҥ Јеринде Алисала болгон учуралдар*), переведённая на алтайский язык (могу сказать без лишней скромности), является ещё одним большим достижением алтайской литературы. Переводить эту поистине философскую сказку на наш язык было очень сложно, но работал я с большим интересом и достиг своей цели. Эта сказка с трудом ложится на нашу «почву», если можно так выразиться. Переводить с оригинала, конечно, было бы лучше, но, к сожалению, я не владею английским. Трудность эта налицо. Благодаря мастерству переводчика (Н. М. Демуровой) сказка на русском языке доступна для перевода на алтайский язык. Но и русский язык со своими каламбурами и юмором резко отличается от нашей игры со словами. Хотя мы живем бок о бок с русским народом в одной стране наш менталитет, образ жизни, воспитание детей, взгляд на мир различны.

Было очень сложно переводить некоторые слова, т.к. в алтайском языке разные понятия можно выразить одним словом. Например: слово «бий» объединяет несколько понятий, такие, как «припц», «господин», «чиновник». Даже в карточной игре наши предки пользовались словом «бий», обозначая Короля и Даму. Поэтому в сказке Король—Бий, а Королева—Бий-Абакай (Абакай—знатная женщина, госпожа). Аналогичная ситуация была со словом «Валет», которое созвучно с нашим словом «бала». Во французском языке производное от арабского «мальчик» слово «Валет» значит «лакей, мальчик на побегушках». Поэтому, не называя его Лакеем, я оставил это популярное слово без изменения.

Звуковую игру оригинальных слов *pig~fig* (см. гл. VI) мы заменили алтайским: *мумпук~кӱртӱк* 'поросёнок~тетерев': *«Сен —мумпук дединг бе, айса кӱртӱк дединг бе»* («Как ты сказала: в поросёнка или в тетерева?»; тетерев (*Lyrurus tetrix*)—обычная охотничья птица на Алтае.) Среди школьных каламбуров Главы IX у Кэрролла—Reeling and Writhing ('Наматывались и Извивались'), игра слов на Reading and Writing. По-алтайски удалось подобрать рифмующуюся пару *Чейгенис* и *Кычыганыс* ('Размешивали [буквы] и Чесались') вместо *Чийгенис* и *Кычырганыс* ('Писали и Читали'). Четыре действия арифметики переведены как *Коштоочы, Астамчы, Каткычы, Ӱргӱлеечи* ('Добавляющий, Убавляюший, Хохотун и Полусонный'), соответствуя алтайским *Кожулаачы, Астадаачы, Катаптаачы, Ӱлеечи* ('Слагаемое, Уменьшаемое, Множитель, Делимое'). Большинство других каламбуров также придуманы нами; некоторые взяты из русского перевода Демуровой. Вместо Mystery и Seaography Кэрролла (игра слов на 'History' и 'Geography') мы использовали *Суузындар* и *Талайӱстилик* ('Напитки и Мореология'); *Суузындар*—игра слов на *Соојындар* ('Легенды'). Laughing and Grief ('Смех и Грусть', игра слов на 'Latin and Greek') переданы как *Драматиканы* и *Илелетураны* ('Драматика' и 'Илелетура', т.е. 'литература' в детском произношении).

Три самых трудных предмета, перечисленные у Кэрролла —Drawling, Stretching, Fainting in Coils ('Неверное произношение, Потягивание, Падание в обморок по спирали'), представляют собой игру слов на 'Drawing, Sketching, Painting in oils' ('Рисование, Графика, Живопись маслом'). В нашем переводе мы использовали слова: *Баканиканыҥ* (Опыты с лягушками, от слова *бака*, лягушка); *Бийелогия* (от *бийе*, 'танцы'); *Јууланарга* ('Драка, Военное дело') (игра слов на *Ботаника, Биология, Јуранар* 'Рисование').

В сказке игра со словами, поистине, приобретает философское значение. Богатство русского языка просто поражает, интересные случаи, юмор и каламбуры увлекают, высмеивают пороки, но стихи приводят к трудностям в понимании, отсюда и к переводу.

Природа Алтая очень разнообразна, но отличается от природы других регионов. Поэтому, когда нужно было играть со словами и придумывать каламбуры (очень помогли советы координатора проекта Виктора Фета), пришлось заменять названия животных и придумывать каламбуры с ними. Это было очень увлекательно!

А когда я переводил пародийные стихи, нужно было очень тщательно работать над рифмами, чтобы дети без проблем понимали значение прочитанного (иначе пропадет интерес к чтению). При этом была сложность—отсутствие образов для алтайского читателя. Но, пользуясь приёмами художественной литературы, задача, на мой взгляд, была выполнена.

Народы, проживающие в Европе и в Азии, прошли разный исторический путь. Европейские и азиатские взгляды на воспитание подрастающего поколения резко отличаются друг от друга. Хотя Алиса жила давно и на другом конце света, но по своему духу очень близка нашей детворе. Такая же послушная, уважительная, любит природу, животных. Это говорит о том, что дети всего мира в детстве одинаковы. Они думают, что жизнь состоит только в игре, всё им интересно, видят то, что не видно взрослым, бывают замешаны в разных проделках. Я не сомневаюсь, что каждый ребенок, прочитав эту сказку, увидит в Алисе себя.

В нашей республике каждый взрослый воспитан на произведениях героического эпоса. И по школьной программе учащиеся на уроках алтайской литературы много читают алтайские героические сказания. В сказке есть ещё один фактор, который очень близок алтайским детям. Во многих сказаниях батыры по воле судьбы спускаются в подземное царство и ведут там борьбу во имя добра и справедливости. Алиса, хотя и во сне, тоже проходит такой путь, но попадает в Страну Чудес, где показывает свое бесстрашие и заступничество по отношению к другим.

Кулер Тепуков
Горно-Алтайск
Республика Алтай
Российская Федерация
Июль 2016

Foreword

Lewis Carroll is the pen-name of Charles Lutwidge Dodgson* (1832-1898), a writer of nonsense literature and a mathematician in Christ Church at the University of Oxford in England. He was a close friend of the Liddell family: Henry Liddell had many children and he was the Dean of the College. Carroll used to tell stories to the young Alice (born in 1852) and her two elder sisters, Lorina and Edith. One day—on 4 July 1862—Carroll went with his friend, the Reverend Robinson Duckworth, and the three girls on a boat paddling trip for an afternoon picnic on the banks of a river. On this trip on the river, Carroll told a story about a girl named Alice and her amazing adventures down a rabbit hole. Alice asked him to write the story for her, and in time, the draft manuscript was completed. After rewriting the story, the book was published in 1865, and since that time, various versions of *Alice's Adventures in Wonderland* were released in many various languages. You are now holding the first translation into Altai, one of the Turkic languages of Siberia.

---

* Lewis Carroll's real surname is traditionally but incorrectly spelled in Russian as Доджсон (Dodzhson). In English, the "g" is silent; therefore we use the transliteration Додсон (Dodson): this is how Carroll himself pronounced it. —M. E.

The Altai people are an indigenous ethnic group of the Altai Mountains, in the very centre of Asia. The Altai language belongs to the Kipchak group of the central Turkic language family. The closest languages to Altai are Kyrgyz and Karachay-Balkar. Altai is the second official language of the Altai Republic of the Russian Federation. According to the last census, there are about 70,000 native speakers of Altai.

Before the revolution of 1917, the people of Oyrotia (Altai) used an original alphabet called *Todo biçig* ('a clear script'), created in 1648 by the Oyrat Buddhist monk and scholar Zaya Pandita. It was developed on the basis of the old Mongol alphabet to make it phonetically close to the spoken language, and also to make it easier to transcribe Tibetan and Sanskrit religious texts. From 1928, Latin alphabet was used; it was abolished in 1938 when the modern Altai alphabet (37 letters) was designed, based on Russian Cyrillic.

The Altai literature has rich folklore and written traditions. Four periods of its development include Old Turkic (6th–12th centuries), Turkic-Mongolian (13th–18th centuries), the literature of the late 19th–early 20th centuries; and the modern period (20th–21st centuries).

Numerous books have been translated to Altai from the Russian language, including children's literature. In 2015, I translated and published a book of Lev Tolstoy's children's stories, *Filipok*. Almost all of the fairytales of Hans Christian Andersen and the Brothers Grimm have been translated and published, although not as separate books. Two foreign children's books have been translated into Altai language: *The Adventures of Baron Munchausen* by Rudolph Erich Raspe (1957, translated by I. Sabashkin), and *The Little Prince* by Antoine de Saint Exupéry (2008, translated by B. Bediurov). The latter was possible with the support of the Antoine de Saint Exupéry Youth Foundation (France) to the children's magazine *Soloni* ('The Rainbow'), published in Altai under my editorship.

As a magazine editor and a children's writer, I want our youth to be proud of their motherland. I wrote many poems about the animals and plants of Altai; I want children to know their land, to know its birds, mammals, insects, trees, and flowers. If children know and love nature from an early age, they will protect and cherish it.

The Altai translation of *Alice's Adventures in Wonderland* by the great English writer Lewis Carroll, translated into Altai language as *Кайкалдыҥ Јеринде Алисала болгон учуралдар* (*Kaykaldiñ Cerinde Alisala bolgon uçuraldar*), represents another serious step for the Altai literature. It was a very serious challenge to translate this truly philosophical tale into our language. But I worked with a great interest, and I hope that the goal has been achieved. It was not easy to replant Alice in our soil. Since I could not translate from the English original, I relied instead on the masterful Russian translation by Nina Demurova. However, the Russian word-play and humour differs greatly from what our language offers. Although we are neighbours living in the same country, our mentality, way of life, attitude to raising children, and world outlook are different.

It was quite difficult to translate some words since in the Altai language the same word can have different meanings. For example, we use *бий* (*biy*) for a prince, a gentleman, or a government official. Even in their game of cards, our ancestors used *biy* for both King and Queen. Thus in the Altai translation the King becomes a Biy while the Queen is rendered as a Biy-Abakai (*Бий-Абакай Biy-Abakay* 'a noble lady'). A similar case applies to the Knave, which I rendered as *Бала* (*Bala*, 'a servant, an errand boy'), a word that sounds close to the Russian or French *valet*. For some foreign words, our language has no equivalent, such as German-derived *Герцогиня* (*Gertsoginia* 'Duchess'), or Polish-derived *кролик* (*krolik* 'rabbit').

It was possible to render the rhyme *pig~fig* (Chapter VI; 'Did you say pig or fig?') as *мумпук~күртүк* (*mitprik~kürtük* 'piglet~black grouse'): *"Сен мумпук дедиҥ бе, айса күртүк дедиҥ бе?"* (*"Sen mitprik dediñ be, aysa kürtük dediñ be?"* 'Did you say "pigle" or "black grouse"?'). The black grouse (*Lyrurus tetrix*) is a common game bird in Altai. The school puns of Arslankuş (the Gryphon) and Bozubaş-Cerbaka (the Mock Turtle) included (for 'Reeling and Writhing') a rhyming pair *Чейгенис* and *Кычыганыс* (*Çeygenis* and *Kıçıganıs* 'Stirred [letters] and Scratched') instead of *Чийгенис* and *Кычырганыс* (*Çiygenis* and *Kıçırganıs* 'Reading and Writing'). The four operations of arithmetic were rendered as playful nouns: *Коштоочы, Астамчы, Каткычы, Үргүлеечи* (*Koştooçı, Astamçı, Katkıçı, Ürgüleeçı* 'One Who Gives More, One Who Gives Less, One Who Laughs, and One Who Is Half-Asleep), which reflects the school mathematical terms *Кожулаачы, Астадаачы, Катаптаачы, Үлеечи* (*Kojulaaçı, Astadaaçı, Kataptaaaçı, Üleeçı* 'Addition, Subtraction, Multiplication, Division'). Most other puns were also original, with some words borrowed from Demurova's Russian text. For Carroll's 'Mystery' and 'Seaography', we used *Суузындар* and *Талайүстилик* ('*Suuzındar, Talayüstilik*, 'Drinks, Seaology') where *Суузындар* is a pun on *Соојындар* (*Soojındar*, 'Legends'). 'Laughing and Grief' were rendered as *Драматиканы* и *Илелетураны* (*Dramatikanı, Пeleturanı*). *Драматиканы* ('Drama') is a pun on *Грамматиканы* (*Grammatikanı*, 'Grammar'), while *Пeleturanı* is an Altai schoolchild pronunciation of *Литератураны* (*Literaturanı* 'Literature'.)

For the sequence of three difficult subjects, 'Drawling, Stretching, Fainting in Coils', we chose *Баканиканыҥ* (*Bakanikanıñ* 'Experiments with Frogs', from *бака* (*baka*) 'frog'), *Бийелогия* (*Biyelogiya*, 'Dance Science', from *бийе* (*biye*) 'dance'); *Јууланарга* (*Cuulanarga* 'Fighting'). These are puns on *Ботаника* (*Botanika* 'Botany'), *Биология* (*Biologiya* 'Biology'), and *Јуранар* (*Curanar* 'Drawing'.)

The wordplay in this tale indeed has a philosophical significance. The Russian translation is amazingly rich: the humour and puns are so intense and poised but difficult to render. The parody poems require a very careful rhyme scheme that children can understand, otherwise they could be easily bored by the text.

In pun translation, the animal names had to be replaced—this was quite a challenge! The nature of the Altai region is very diverse but quite different from that of other regions. A great help here was provided by the project coordinator, Victor Fet, in his commentary on wordplay.

The people of Europe and Asia have lived through a very different history; European and Asian attitudes toward children differ dramatically. Yet our children have a lot in common with Alice who lived long time ago, far across the continent. She is respectful and intelligent; she likes animals, as do children anywhere in the world. They see the world as a game; they see what the adults cannot see; they are always engaged in an adventure. I have no doubt that every child who reads this fairytale will find it easy to relate to Alice.

In Altai, every adult knows the epic legends of our folklore. They are read by children at school. One feature of these stories is familiar to the Altai children: our *batırs*, the warrior heroes, descend to the underground kingdom where they fight for justice, against the evil forces. Like these legendary heroes, Alice in her dream finds herself in an underground land, where she shows her kindness and bravery.

Küler Tepukov
Gorno-Altaisk, Altai Republic
Russian Federation, July 2016
(translated by Victor Fet)

Кайкалдыҥ Јеринде
Алисала болгон учуралдар

Бажалыктар

I. Кроликтиҥ Ичегениле Тӧмӧн
Тӱшкени 7
II. Кӧлчӧ Кӧстиҥ Јажы 16
III. Эбире Јӱгӱриш ле Узун Куучын 25
IV. Билль Трубанаҥ Учуп Чыгат 33
V. Карыштак Эп-Сӱме Айдат 43
VI. Мумпук ла Мырч 55
VII. Аай-Баш Јок Чайлаш 67
VIII. Бий-Абакайдыҥ Крокеди 77
IX. Бозубаш-Јербаканыҥ Куучыны 88
X. Талайдыҥ Кадриль Бийези 99
XI. Крендельдерди Кем Уурдаган? 109
XII. Алиса Јаргыда Айдынат 117

Јартамалду Сӧзлик 127

Тал-тӱште]айдыҥ кӱни
Алтын чылап мызылдайт.
Суу эшкен кайыктар
Кичинек кыска багынбайт,
Агын оныҥ кемезин
Айылдаҥ ыраак апарат.

Баш ла болзын, изӱде,
Уйку кслср бу тушта,
Кӧзиҥ ачпай, ӱргӱлеп,
Кӱӱниҥ келер уйуктаар.
Куулгазынды айтсын деп,
Чаптык эдип сурайдаар.

]аан кысчак унчукты:
«Баштазаар слер куучынды.»
«Учуралдар кӧп болзын,»
Экинчизи эм тапты.
Ӱчинчи кысчак—тилгерек,
Бойы билбейт не керек.

Тымый берди кенейте,
Тӱш]ериҥе баргандый.
Араайынаҥ кыс базат
Чӧрчӧктӧги ороонло.
Кайкамчыктар ол кӧрӧт
]ердиҥ]ети кадында.

«Илбизин куучыным божоды,
Тебӱзи оныҥ тӱгенди.
Учын онон айдарым,»
Арга јокто актандым.
«Јок ло туру, айдыгар,»
Сурайт мени кысчактар.

Кайкамчылу чӧрчӧгим
Чӧкӧбӧстӧҥ чӧйилет.
Кызыл эҥир јууктады,
Куучыным мында туузылды.
Јанадыс. Кызыл-эҥир таҥдагы
Öткӧн кӱнди јымжатты.

Алиса, бала туштыҥ чӧрчӧгин
Буурайганча алып јӱр.
Јӱрегиҥниҥ тӱбине
Чебер оны сугуп сал.
Эрјине болуп јажына
Чӧрчӧгиҥ јӱрзин јаныҥда.

I БАЖАЛЫК

Кроликтиҥ Ичегениле Тӧмӧн Тӱшкени

Эjезиле кожо суунын jарадына теп-тегин отурарга, Алисанын кӱӱнине тийе берген; ол эjезинин кычырып турган бичиги jаар бир-эки катап кӧрди, jе анда jуруктар да, эрмек-куучындар да jок болгон. «Jуруктар да, эрмек-куучындар да jок бичиктен не туза?» деп, Алиса сананды.

Турала, венокко чечектер ӱссе кайдар деп щӱӱди; jе изӱнен улам уйкузыраганына санаалары булгалыжат. Венок ӧрӱп аларга jакшы эмей, jе онын ла учун ӧрӧ *туратан ба?* Кенетийин онын jаныла кызыл кӧстӱ кролик ӧткӱре мантады.

Jе мында *кайкагадый* неме jок. Чындап, ман бажында Кролик айтты: «Кудай ла дезен! Мен оройтып jадым.» Jе бу да Алисага *сан башка* деп билдирбеди. (Кийнинде мыны эске алып, оны кайкаар керек болгон деп сананган, jе ол ӧйдӧ ончозы андый ла болор учурлу деп, ого билдирген.) Jе качан Кролик кенетийин *жилединин карманынан час чыгарып*, ол јаар кылчас эдип кӧрӧлӧ, анаҥ ары учурта берерде, Алиса тура јӱгӱрди. Ол мынаҥ озо качан да часту Кролик кӧрбӧгӧн, ӱстине карманду болзын ба! *Соныр-каганына чыдабай*, ол јалаҥла оныҥ кийнинеҥ јӱгӱрди, је ол чеденниҥ алдындагы ичегенге сурт эде кире бергенин јӱк аҥарып калды.

Алиса оныҥ кийнинеҥ база ла сурт этти, је ол ӧйдӧ мынаҥ кайра канай чыгарын ол сананбаган да.

Озо баштап ичеген, туннель ошкош, тӱс болгон, онон кенетийин, ӱзӱле бергендий, *тӧмӧн* барган. Алиса кӧзин де јумгалакта, тереҥ кутуктыҥ[2] тӱби јаар учкан чылап, јыгылып баштады.

Та кутук сӱреен тереҥ болгон, айса ол сӱреен араай jыгылып тӱшкен. Ол билинип келеле, анаҥ ары не болор деп сананарга, ӧй jеткилинче болгон. Озо ло баштап оны *тӧмӧртинде* не сакып jат деп билерге, аjыктанарга чырмайды, je анда караҥуй болгон, ол нени де кӧрӱп болбогон. Андый да болзо, ол ары-бери аjыктанды. Кутуктыҥ стенелерине коштой шкафтар ла бичиктерлӱ полкалар турган; анда-мында кадуларда jуруктар ла карталар илип салган. Учканча барып jадала, ол бир полканаҥ вареньелӱ банканы кап тутты. Банкада «АПЕЛЬСИНОВОЕ» деп бичип салтыр, je ол куру болгон. Банканы тӧмӧн чачарга, Алиса jалтанды—кемди-кемди jыга согуп салбаска. Учуп барадала, ол оны кандый да шкаф jаар эптӱ кийдирип ийди.

«Бот бу jыгылыштыҥ jыгылыжы. Эмди меге текпиштеҥ jыгыларга, не де эмес. Мени сӱрекей jалтанбас деп, бистиҥ улус бодоор. Jабынтынаҥ да jыгылзам, мен кыҥыс та этпес эдим!» деп, Алиса сананды. (Мындый болорында бир де алаҥзу jок.)

Ол эмдиге ле тӧмӧн учканча болды. *Айса мыныҥ учы-тӱби качан да болбос?* «Кайкамчылу, бу мен канча миля[3] учтым не? Мен, чындаптаҥ ла, jердиҥ ӧзӧгине jууктап келеткем. Кайда, эзедип ийейин… Бу тӧрт муҥ миля кире тӧмӧн ошкош не» деп, Алиса угуза айтты. (Алиса бого jуук билгирлерди уроктордо алган, je эмди оны кӧргӱзер ӧй *эмес* те болзо, ол чыдажып болбоды — кем де оны укпаган ине.) «Эйе мындый, чын. Кайкамчылу, мен кандый широтада ла долготада не?» деп, Алиса бойына айдат. (Чынын айтса, «широта» ла «долгота» деген оҥдомолдорды ол билбес, je ого бу сӧстӧр сӱреен jарап турган. Олор сӱреен улуркак угулган!)

Эмеш унчукпай турала, ол ойто ло баштады: «Мен jерди *ӧткӱре* уча бербезим бе? Бот каткымчылу болор эди! Чыгып келзем, улус баштарыла тӧмӧн болор! Олорды не деп адап турган эди? *Антипатии,* болор керек…» Бу ӧйдӧ оны кем де укпай турганына, ол акту кӱӱниле сӱӱнген, нениҥ учун дезе, бу сӧс кандый да башка угулган. «Орооныныҥ ады не деп, олордоҥ сурайтан турум: „Јаманымды таштагар, сударыня, мен кайда? Австралияда ба, айса Јаҥы Зеландияда ба?“» деп айдала, реверанс[4] эдерге чырмайды. (Тӧмӧн учуп јаткан ӧйдӧ, кейде, *реверанс* эдерин санаанда кӧрӱп болорыҥ ба? Сен оны эдип болорыҥ ба?) «Аланзу јогынаҥ ол мени билгири ас кижи деп сананар! Јок, кемнеҥ де нени де сурабазым! Айса болзо, кайда-кайда бичип салган!»

Ол эмдиге ле тӧмӧн учуп ла јат, учуп ла јат. Эдер неме јок, бир эмеш унчукпай турала, Алиса ойто ло куучындап баштады: «Бӱгӱн Дина мени бӱткӱл энир бедиреер. Ого мен јогынаҥ андый кунукчылду!» (Дина деп, олор кискезин адагылайтан.) «Тал-тӱште олор ого сӱт уруп берерин ундугылабас ла болбой. Ах, эрке Дина, сен мениле кожо эмезиҥе ачуурканып јадым. Чынынча, кейде чычкандар јок, је томоноктор ӧткӱре кӧп. Билген кижи, кискелер томонокторды јийт не?» Кезикте ол мынайда айдат: «Томоноктор кискелерди јийт не?» Баштапкы да, экинчи де сурактыҥ каруузын Алиса билбес, оныҥ учун олорды канайда сураары, ого тӱп ле тӱҥей. Ол карамтыга бергенин сести. Тӱш јеринде ол Динала кожо колтыкташканча барып јадала, јӱрексиреп сурайт: «Дина, ачыгынча айт, сен качан бир томоноктор јигеҥ бе?» Мында та не де коркышту тын кӱзӱреди—Алиса чокчок јыгындардыҥ ла кургак јалбрактардыҥ ӱстине келип тӱшти.

Ол бир де бертинбеди, тӱрген ле бут бажына туруп чыкты; саҥ ӧрӧ кӧрзӧ, анда—карануй болды, оныҥ чике алдыла ӧскӧ коридор чӧйилген јатты. Оныҥ учында Ак Кролик элес этти. Бир де кичинек ӧй јылыйтпаска, Алиса оныҥ кийнинеҥ учуртты ла. Кролик бурылчыктыҥ ары јанында кӧрӱнбей калды, је Алисага оныҥ «Ах, мениҥ сагалдарым! Ах, мениҥ кулактарым! Мен оройтып јадым!» деп айтканы угулды. Толукты эбиреле, Кроликке јолыгарга Алисаныҥ иженгени темей болуп калды, ол кайда да кӧрӱнбейт. Је бойы узун јабыс залда болуп калды. Потолоктоҥ калбандап турган шил-јулалар[5] оны јарыдат.

Мында кӧп эжиктер болгон, је олор ончозы бӧктӱ эмтир. Алиса олорды ачарга чырмайды: озо баштап—бир јанынаҥ, ононг экинчи јанынаҥ ийтти, је бирӱзи де ачылбаста, кунукчыл санаага алдырып, мынаҥ канай чыгар деп, залла басты.

Кенетийин ол ӱч бутту шил стол кӧрӱп ийди. Оныҥ ӱстинде сӱреен кичинек алтын јӱлкӱӱр јатты. Бу јӱлкӱӱр кандый бир эжиктиҥ болор бо деп, Алиса щӱӱди. Сомоктыҥ ӱйди ӧткӱре јаан болгон бо, айса јӱлкӱӱр ӧткӱре оогош болгон бо, је ол канай ла чырмайарда, јӱлкӱӱр бир де эжикке јарабады. Экинчи катап залла базала, Алиса мынаҥ озо ајарбаган кӧжӧгӧ кӧрӱп ийди. Оныҥ кийнинде бийиги он беш дюйм[6] кире оогош эжик кӧрӱнди; Алиса јӱлкӱӱрди сомоктыҥ ӱйдине сукты. Оныҥ ырызы тартып, јӱлкӱӱр сомокко јарай берди!

Ол эжикти ачып ийерде, чип-чичке ӧткӱш кӧрӱнди. Ол эрленниҥ ичегенинеҥ бир ле эмеш элбек болды. Алиса тизеленеле ары ајыктаарда, айдары јок јараш сад чӧйилген јатты. Оныҥ јаражы слерге, байла, эбелип келер. Ол бу карануй залдаҥ чыгала, јаркынду чечектерлӱ клумбалардыҥ ла серӱӱн фонтандардыҥ ортозыла базып јӱрер кӱӱни келди! «Је мениҥ бажым ары *баткан* да болзо, анаҥ не туза! Ийиндери јок баш кемге керек? Бу мен турнабай чылап не эпчелбейдим не! Ненеҥ баштаарын билген болзом, нени де эдип ийер эдим.» Ол кӱн кандый ла кайкамчылу учуралдар болгон учун, эдип болбос неме јок деп ого билдирди.

Кичинек эжиктиҥ јанына отурганы темей керек болгонын оҥдоп, Алиса шил столго бурылды. Анда экинчи јӱлкӱӱр јадар эмезе турнабайды эпчеери јанынаҥ јартамал табылар деп, ол каран иженет. Је бу туш столдо кичинек пузырёк турды. («Мен билерим, мынаҥ озо ол мында болбогон!» деп, Алиса бойында айтты.) Пузырёктыҥ мойнында чаазын буулалып калтыр, чаазында дезе јаан јараш таныктарла «МЕНИ ИЧ» деп, јараштыра бичип салган.

«Мени ич» деп айдарга јеҥил, је санаа-укаалу Алиса бу эп-сӱмени бӱдӱрерге бачымдабай турды. «Бу пузырёкто *„Короон"* деп бичилген бе, бичилбеген бе, оныҥ илезине чыгар керек» деп, ол айтты. Кӧргӧжин, балдар теп-тегин ээжилерди *бӱдӱрбей турганынаҥ улам*, тирӱте кӱйгӱлеп те калат, эмезе казыр андарга да јидирет деп, Алиса кычырган, оныҥ учун ол ончо немеге серемјилӱ кӧрӧт. Ол ло балдар јаандардыҥ айтканын ајарурга албаганынын шылтузында јеткерге де учурап калат. Темдектезе: отко кызып калган кӱлкӱни колынга узак тутканда, учы-учында ӧртӧлӧрин; эмезе сабарынга бычакты *тереҥжиде* јыжып ийзеҥ, сабарыҥнаҥ кан агар; эмезе «Короон» деп бичип салган пузырёкты бир уунда кактап салзаҥ, кыйалтазы jоғынаҥ коомойтый берериҥ. Калганчы ээжини Алиса ундыбаган.

Je бу пузырёкто «Корон» деп бичилбеген, оныҥ учун Алиса андагы суузыннаҥ ууртап ийген. Оныҥ амтаны jакшы болгон. Ол незиле де кремдӱ вишнянын пирогына, ананаска, jаман куштын[7] каарган эдине, каймак кошкон jымжак кампеттин[8] ле каарган ак калаштын[9] амтанына тӱҥей болгон учун, Алиса оны тӱбине jетире ичип ийген.

«Бу кандый саҥ башка сезим! Мен чындаптаҥ турнабай чылап эпчелип jадым» деп, Алиса кыйгырды.

Ол јастырбады—эмди оныҥ сыны јӱк ле он дюйм болгон. Ол эмди эжик ажыра јеп-јеҥил кайкамјык садка кирер деп сананала, сӱӱне берди. Андый да болзо, ол анча-мынча турала, анаҥ ары кичинектеер болорым ба деп билерге сакыды. Бу санаазы оны токынатпайт. «Мен мынаҥ ары мынайда ла оогожозом, чек јоголо берер болбойым. Ӱспекчин чилеп кӱйӱп каларым! Ол тушта мен кандый болгойым не?» деп, ол бойында айтты. Ӱспекчин ӧчӧ берзе, оныҥ јалбыжы кандый болорын эбелтерге албаданды. Эске алгажын, андый немени ол качан да кӧрбӧгӧн.

Эмеш сакыйла, база кубулталар болбосто, тургуза ла садка кирер деп, ол шӱӱди. Кӧӧркийди! Ол эжикке јууктап келеле, алтын јӱлкӱӱрди ундып салганын билди, а столго бурылала, эмди ого јетпезин онцоды. Јӱлкӱӱр алдынаҥ ӧрӧ, шил ажыра, јап-јарт ого кӧрӱнди. Ол столдыҥ шил будыла оныҥ ӱстине чыгарга чырмайды, је бут сӱреен килеҥ болгон. Темей албаданыштаҥ улам арыйла, кӧӧркий Алиса полго отурала, ыйлай берген.

«Је, болор! Тӱбекке ыйла болужып болбозыҥ. Тургуза ла токто деп, сеге јакшы јӧп айдадым!» деп, бир эмеш ӧйдиҥ бажында ол бойына кату јакарды. Ол јаантайын бойына јакшы јӧп айдып беретен, је онымла кезикте ле тузаланатан. Кезик аразында ол бойын кӱӱн-кайрал јогынаҥ арбаганда, кӧстӧри де јаптала беретен. Бир катап, јаҥыскан крокет ойноп турала тӧгӱнденерде, ол бойыныҥ јаактарын алакандаарга умзанган. Бу керсӱ бала бир ле уунда бойын эки башка кызычак деп кӧргӱзерге јакшызынатан. «Је эмди канайтса да мындый болбос! Бир де болорго, кӱчим јӱк арайдаҥ једет!» деп, кӧӧркий Алиса сананды.

Эмди ол шилдиҥ алдында јаткан кичинек шил капты[10] кӧрӱп ийди. Алиса оны ачып ийерде, ичинде пирог јатты. Оныҥ ӱстинде «МЕНИ ЈИ» деп, коринкала[11] јараштыра бичип салган. «Мен мынайда ла эдерим. Керде-марда ӧзӧ берзем, мен јӱлкӱӱрди алаларым, оогожой берзем, эжиктиҥ алдынаҥ ӧдӧ берерим. Мен садка ла кирген болзом. Ары канай кирер—башказы јок!» деп, Алиса айтты.

Ол пирогты тиштейле, коркып сананды: «Ӧзӱп јадым ба, айса оогожоп бардым ба? Ӧзӱп јадым ба, айса оогожоп бардым ба?» Бойыла не болуп турганын билерге, Алиса колын тӧбӧзине салды. Је ол узабады да, кыскарбады да. Бу учурал оны сӱреен кайкатты. Эйе, пирог јигенде, улай ла мындый болуп јат, је андый да болзо, айландыра кайкамчыктар болуп турганына Алиса ӱрене берген; эмди ого кунукчылду деп билдирген, не дезе, јӱрӱм ойто ло бойыныҥ теп-тегин јолыла улалган.

Ол пирогты база катап тиштеди, удабай тӱгезе јиди.

*   *   *   *

*   *   *

*   *   *   *

II Бажалык

Кölчö Кöстиҥ Jажы

«Мен, турнабай чылап, туура jылар да эмтирим не. Jакшы болзын, буттарым!» деп, Алиса кайкаганына кыйгырды. (Бу ла öйдö ол буттары jаар кöрÿп ийерде, олор сÿреен тÿрген тöмöн баргылап jатты. Удабай ла олор кöрÿнбей калар.) «Мениҥ кайран буттарым! Эмди слерди кем öдÿктеер? Кем слерге чулук ла öдÿк кийдирер? Кööркийлерим, мен эмди слерге jетпезим! Бис эмди бой-бойыстаҥ сÿреен ыраак болорыс… Слер мен jогынаҥ jÿрер эмтиреер.» Алиса мында нени де санана берди. «Канайтса да, олорды эркеледер керек. Туура баскылай берердеҥ маат jок. Je кем jок! Рождествого сый эдип, буттарыма jаҥы ботинкалар ийерим» деп, ол бойына айтты.

Ол нени эдерин шÿÿй берди. «Олорды элчиле ийер керек. Бот, каткымчылу болор эди! Бойыныҥ буттарына—сыйлар! Сурузы да саҥ башка!

Алисаныҥ Оҥ Будына,
       Каминниҥ Кебизи,
              Каминниҥ Шааражыныҥ[12] *јаҥында*
                     (сӱӱжин керелеген Алисанаҥ)

«Бу мен канай кейлене бердим!» деп, бойына айтты.

Бу ӧйдӧ ол бажыла потолокко тӱртти; не дезе ол тогус футтаҥ[13] ас эмес чӧйиле берген. Ол столдогы алтын јӱлкӱӱрди алган бойынча, сад баратан эжик јаар јӱтӱрди.

Кӧӧркий Алиса! Эмди ол эжиктеҥ ӧткӧй беди? Ого јӱк полго јадала, сыҥар кӧзиле садты аjыктаарга келишкен. Ичеген јаар киретен кандый да ижемји јок болгон. Ол полго отурала, ойто ло ыйлай берген.

«Уйалзаҥ, јаан кызычак (мынайда айдары чын болгон)— ыйлап јадыҥ! Тургуза ла токто, уктыҥ ба?» деп, Алиса бир эмеш ӧйдӧҥ бойына айтты. Је оныҥ кӧзиниҥ јажы суу ла чылап агат. Удабай оны айландыра тереҥи тӧрт дюйм кире јаан кӧӧлмӧк боло берди. Суу полло агып, залдыҥ ортозына јетти.

Удабай ыраакта кичинек буттардыҥ тибирти угулды. Алиса кӧзин тӱрген арчыйла, сакый берди. Бу Ак Кроликтиҥ кайра бурылганы. Ол јараштыра кийинип алтыр, бир колында лайка[14] перчаткалар тудунып алган, экинчизинде—јаан веер. Јӱгӱрик бажында ол нени де кимиректенет: «Ах, кудайым, Герцогиня[15] нени айткай не! Мен оройтызам, ол казырлана берер! Канай казырланар!»

Алиса ончо немеге ижемјизин јылыйтала, учураган ла кижиненҥ де, тындунаҥ да болзо, болуш сураарга белен болгон. Качан Кролик ого теҥдежип келерде, ол араай шымыранды: «Јаманым таштагар, ӧрӧкӧн...» Кролик секирген бойынча, перчаткаларды ла веерды ычкынып, туура калыйла, караҥуйда јоголо берген.

Алиса веер ле перчаткаларды öрö кöдÿрди; залда изÿ болордо, ол веерле јаҥый берген. «Јок, слер сананзаар да! Бу кандый саҥ башка кÿн! Кече ончозы кубултазы јогынаҥ теп-тегин öткöн! Айса тÿн туркунына мен кубула бергем? Сананар керек: эртен тура ойгонорымда, *мен* болгом бо, айса *мен* эмес пе? Эске алып ийдим, ол тушта саҥ башка болуп турганымды сескен эдим ле. Айса мен—мен эмес болзом, мындый сурак тура берер: эмди мен кем боло бергем? Бот куулгазын дезе куулгазын!» Оноҥ ол бойына кубарлаш ончо кыстарды санаазында ылгай берди. Айса ол олордыҥ кемизи-кемизи боло берген?

«Канайтса да, мен Ада эмес!» деп, ол кезем айтты. «Оныҥ чачы быјыраш, менийи—јок! Мен Мейбл де эмезим ине. Мен кöпти билерим, ол нени де билбес! Канайтса да, *ол*— ол бойы, а *мен*—ол мен! Ончозы кандый да јарт эмес! Кайда шиндейин, качан да билер болгонымды эске алып болорым ба? Айдарда, мындый: тöрт катап беш—он эки, тöрт катап алты—он ÿч, тöрт катап јети… Мынайда мен јирмеге качан да јетпейтен турум! Је, бойсын, катаптаарыныҥ таблица- зында јаан учур јок! Географияны кöрöйин! Лондон— Парижтиҥ тöс калазы, а Париж—Римниҥ тöс калазы, а Рим… јок, мындый эмес, ончозы јастыра! Айдарда, мен Мейбл боло бергем бе… „*Канайда баалайтты…*" кычырып кöрöйин.» Ол, урокто чылап, колдорын тизезине салала, айдып баштады. Је оныҥ ÿни кандый да саҥ башка туҥгак угулды, оозынаҥ чек öскö сöстöр чыгат: —

„Кип-кичинек келескен
Куйругын оныҥ кем кескен?
Оны кем де кеспеген,
Чочыырда ол ÿзÿлген.

„Ап-ару тырмактарын
Къймыктатса, јаражын!
Быйан айдат конъыска—
Курсагы болгон монъыска!"

«Чек öскö сöстöр!» деп, кööркий Алиса айтты. Оныҥ кöстöрине ойто ло јаш толды. «Айдарда, мен Мейбл эмтирим! Мен эмди олордыҥ тапчы турачагында јадатан эмтирим. Ойынчыктар да менде чек болбос! Је уроктарды ÿзÿги јогынаҥ ÿренетен турум. Мен Мейбл болзом, мында эр-јажына, байла, артарым. Ол тушта мени аларга, бери келип кöргÿлезин! Баштарын тöмöн энчейткилейле, „Öрö бис јаар кöдÿрил, кööркий" деп кыйгыргылаар. А мен олор јаар јÿк кöрöлö, каруу берерим: „Озо баштап айдыгар, мен кем. Ол меге јараза, мен öрö чыгарым, јарабаза, база катап кем-кем боло бербегенчем, мында ла артарым!"» Бу ла туш оныҥ кöстöриниҥ јажы ойто ло чачылды. «Нениҥ учун мени бедиреп *кем де келбей јат*? Јаҥыскан мында отурары кÿÿниме тийди!»

Бу сöстöрди айдып турала, Алиса тöмöн кöрди. Ол бир колына Кроликтиҥ кип-кичинек перчатказын кийип алганын ајарып, сÿреен кайкады. *Бу канай боло берди* деп, Алиса сананды. «Мен ойто ло кичинектеп турган эмтирим.» Бойыныҥ сынын кöрöргö, Алиса турала, стол јаар басты. Кöргöжин, оныҥ сыны эки футтаҥ кöп эмес болгодый, ол анаҥ ары там ла оогоштоп турды. Мында веер бурулу деп билеле, ол тудунып алган веерди пол дööн чачты. Мынайда эткени сÿреен јарамыкту, не дезе, ол чек јоголо берер эди.

«Уф! *Арайдаҥ калдым!*» деп, кенетийин болгон кубултанаҥ чочып калган Алиса айтты. Тирÿ артканына сÿÿнип, «Эмди сад јаар баратам!» деди. Ол эжикке јÿгÿрип келди. Је кайдаҥ! Эжик ойто ло бöктÿ, а алтын јÿлкÿÿр анайда ла шил столдыҥ ÿстинде јатты. «Бир де јеҥилте болбос кайтты не!» деп, коӧркий Алиса сананды. «Мындый кичинек мен качан да болбогом! Мениҥ керектерим коомой!»

Кенетийн ол тайкылала, сууга јыгылды. Суу оныҥ ээгине јетире эмтир, ӱстине—тусту. Озо баштап ол талайга тӱштим деп бодогон. «Андый болзо, *мынаҥ* темир јолло јӱре берерге јараар» деп, ол сананды. (Алиса јӱрӱминде бир ле катап талайдыҥ јаказында болгон, оныҥ учун анда ончо неме ого тӱҥей деп билдирген: талайда—эжингенде уштунатан кабинкалар, јаратта—оок балдар агаш кӱректериле кумактаҥ ӧргӧӧлӧр туткулаар; онон—пансиондор,[16] олор-дыҥ кийнинде—темир јолдыҥ станциязы.) Удабай ол бойыныҥ кӧзиниҥ јажынаҥ бӱткеп тӱӱнтиге тӱшкенин билди. Ол тушта Алиса тогус фут сынду болгон.

«Ах, мен ол тушта не анай ыйлагам!» дейле, Алиса эбире эжинип, јарат кажы јанында болот не деп сананат. «Бот, алкы бойыныҥ јажына чӧҥӧ бергени кандый темей керек! Чынын кайтса, бӱтӱн ончо неме саҥ башка!»

Ыраак јогында ого кандый да чайбу угулды, анда не чайбалып турган деп билерге, оноор эжинди. Озо баштап анда морж эмезе гиппопотам деп бододы. Бойы сӱреен кичинектеп калганы санаазына кирип, ары-бери ајыктанды. Је ого јӱк чычкан кӧрӱнди. Ол, байла, база сууга тӱшкен.

«Оныла куучындажайын ба, јок по? Бӱгӱн ончо неме кайкамчылу учун, ол до, байла, куучындап билер! Кандый да болзо, ченеп кӧрӧйин!» деп, Алиса сананала, баштады: «О Чычкан! Бу кӧӧлмӧктӧҥ канай чыгар, билереер бе? Мында эжинерге кӱӱниме тийди, о Чычкан!» (Анчада ла мынайда чычкандарга баштанатан јаҥду деп, Алиса бодогон. Анда кандый да ченемел јок болгон, је ол аказыныҥ латын грамматиказын эске алды: «Тӧзӧӧчи— чычкан, энчилеечи—чычканга, береечи—чычканга, кӧс- тӧӧчи—чычканды, кычыраачы—О чычкан!») Чычкан ол јаар алаҥ кайкап кӧрӧлӧ, нени де айтпады, јӱк кичинек кӧзиле араай имдеп ийгендий билдирди.

«Айса болзо, ол бистиҥ тилди билбес? Айса ол угыла француз болор бо? Бери Вильгельм Јуулаачыла[17] кожо эжингенче келген бе...» деп, Алиса сананды. Тӱӱкини Алиса билер де болзо, је не-неме качан болгонын чокымдап болбойт. Ол ойто ло баштады: «Où est ma chatte?» (Француз тилдиҥ грамматиказында бу эрмек эҥ бажында турган.) Чычкан суунаҥ чыгара калыйла, коркыганына тыркырай берди. «Јаманым таштагар! Слер кискелерди сӱӱбей турганаарды мен ундып салтырым» деп, Алиса кӧӧркий аҥычакты тарындырып ийгенин билип, тӱрген айтты.

«Кискелерди сӱӱбей тургам! А *сен* мениҥ јеримде болгон болзоҥ, олорды сӱӱр бединг?» деп, ӧткӱн ӱниле Чычкан кыйгырды.

«Байла, јок. Ачынбагар деп сурап турум! Бистиҥ Динаны слерге кӧргӱзип болбогоным учун тарынбагар. Мен сананзам, слер оны кӧрӱп ле ийзеер, кискелерди сӱӱй беререер. Ол андый эрке, андый токыналу» деп, санааларга алдырган Алиса тусту сууда араай эжинип, оны токынадарга чырмайат. «Каминниҥ јанында ыркырап, јунуныҥ отурар. Ол андый јымжак, оны сыймаар ла кӱӱниҥ келер! А чычкандарды канай тудуп јат! Ой, јаманым таштагар! Сурап турум, јаманым таштагар!» Чычканныҥ тӱги атрайа берди. Оны јӱрегиниҥ тӱбине јетире тарындырып ийгенин Алиса билди. «Слерге јарабай турган болзо, бис бу куучынды база ӧткӱрбезис» деп, Алиса айтты.

«Бис? Бу куучынды мен баштагам деп пе? Бистиҥ биле *јаантайын* кискелерди *кӧрбӧйтӧн!* Јескимчилӱ, кара санаалу, быјар немелер. Олор керегинде угар да кӱӱним јок!» деп, Чычкан кыйгырала, бажынаҥ ала куйругыныҥ учына јетире сертилдей берди.

«Јакшы, јакшы!» куучынды ӧскӧртӧргӧ, Алиса јӧпсинди. «А… ийттер… слерге јарайт па?» Чычкан унчукпады. «Биске одоштой андый эрке ийдичек јадат!» Алиса сӱӱнчилӱ куучынын улалтты. «Слерди оныла таныштырар кӱӱним бар! Кичинек терьер![18] Кӧстӧри оныҥ јалтырууш, тӱги кӱреҥ, узун, быјыраш! Ого нени-нени чачып берзеҥ, ол тургуза ла оны кайра экелер. Онон сӧӧк берзиҥ деп сакып, кийин буттарына отура берер! Эдип билер немезин тоолоп то болбозыҥ. Оныҥ ээзи—фермер, ол айдат: «Бу ийтте баа јок! Ол айландыра ончо эрлендерди ле чычкандарды кырып салган… Ой, кудай-май!» деп, Алиса кунукчылду унчукты. «Мен оны ойто ло тарындырып салдым ошкош!» Чычкан бар-јок кӱчиле там ла ырада эжинерге албаданат. Суу керек дезе чакпындала берди.

«Чычканак, кӧӧркийек!» Алиса оныҥ кийнинеҥ эрке ӱниле кыйгырды. «Сурап турум, бурылзаар, ийттер ле кискелер слердиҥ ичеерге кирбей турган болзо, мен олор керегинде бир де сӧс база айтпазым.» Мыны угала, Чычкан араайынаҥ кайра эжинди. Ол куп-куу болуп калтыр. («Ачынганына!» деп, Алиса сананды.) «Јаратка чыгаалы» деп, Чычкан араай, тыркырууш ӱниле айтты. «Мениле не болгонын сеге айдарым. Нениҥ учун мен кискелерди ле иттерди көрөр кӱӱним јок болгонын сен аайлаарыҥ.»

Чындап та, чыгар керек болгон. Ал-камык куштардаҥ ла андардаҥ улам, көөлмөктö тапчы боло берген. Анда Робин Кас, Додо Куш, Лори Попугай, Эд Мӱркӱт ле öскö дö јӱзӱн-јӱӱр кайкамчылу тындулар болгон. Алиса ичкери эжинерде, ончолоры оныҥ кийнинеҥ јарат јаар чöйилгиледи.

Эбире Јӱгӱриш ле Узун Куучын

Јаратта јуулгандардыҥ бӱдӱш-бадыжы коомой болгон: куштардыҥ јуҥдары атрайыжып калган, аҥдардыҥ тӱктери көк мööн бололо, суузы чоройлоп агып турган. Ончолоры јаманданып, соокко тоҥгон.

Эҥ озо канайда тӱрген кургадынары јанынаҥ шӱӱшкилеген. Саат-маат та öй öтпöди, је Алиса олорды эр-јажына билгендий турды. Ол керек дезе Лори Попугайла сöс блаашкан. Лори кеберин соодып, катап-катап айдат: «Мен сенеҥ јаан, нени эдерин сенеҥ артык билерим!» Ол канча јашту болгонын айтсын деп Алиса некеерде, Попугай айтпай, мойножып ийген; мыныла сöсблаажыш токтогон.

Учында эҥ кӱндӱлӱ деп чотолгон Чычкан кыйгырды: «Отурыгар, ончогор отурала угаар. *Тургуза ла* кургай беререер!» Ончолоры уккур кӱреелей отура тӱшкӱлеерде, Чычкан ортозына туруп алды. Алиса анаҥ көзин албайт. Ол билер, тургуза ла кургабаза, ол оорып калар.

«Кхе-кхе!» деп, Чычкан тееркеп јӧдӱлдеди. «Ончогор белен бе? Айса баштаактар! Бу слерди чӱрче кургадар! Табыштанбагар! „Вильгельм Јуулаачы Рим Папаныҥ[19] берген алкыжыла, англосакстарды[20] тӱрген бактырып алган. Олорго кату јаҥ јетпей турган, не дезе, олордыҥ ширеезин ӧштӱлер кӧп катап антарып, јерин мензинген. Эдвин,[21] Мерсияныҥ[22] графы ла Моркар,[23] Нортумбрияныҥ[24] графы…“»

«Э-эйе!» деп Попугай айдала, селт этти.

«Јаманым таштагар, слер нени де айттаар ошкош?» деп, Чычкан сӱреен тоомјылу сурайла, кабактарын јуурып ийди.

«Јок-јок» деп, Попугай тӱрген каруу берди.

«Меге анай билдирген эмтир,» деп, Чычкан айтты. «Айдарда, мен анаҥ ары айдайын. „Эдвин, Мерсияныҥ графы ла Моркар, Нортумбрияныҥ графы Вильгельм Јуулаачыны јӧмӧдилер, керек дезе Кентерберинин[25] архиепископы Стиганд оны чын шӱӱлте деп тапты…“»

«Ол нени тапты?» деп, Робин Кас сурады.

«„…оны тапты“ деп, Чычкан каруу јандырды. «Сен билбезиҥ бе, „оны“ дегенин?»

«Мен не билбейтем. Мен нени-нени табып алгамда, јаантайын ол бака ба, курт па болуп калатан. Архиепископ нени табып алганы јанынаҥ сурак туруп јат ине» деп, Робин Кас каруу берди.

Чычкан оныҥ айтканын керекке албай, тӱрген эрмектенди: «„…оны чын шӱӱлте деп табала, Эдгар Этелингле кожо Вильгельмге барып, оны ширееге отурзын деп сӧстӧдилер. Вильгельм озо баштап бойын сӱреен јобош туткан, је оныҥ норманд[26] јуучылдарыныҥ уйалбастары… “ Је, кӧӧркийек, кургап туруҥ ба?» деп, ол Алисанаҥ сурады.

«Ол ло бойым ӱлӱш, суу мененг анаар ла агып јат. Мен кургаарга сананбай да јадым!» деп, Алиса кунукчылду айтты.

«Андый болзо, јуунды тургуза ла токтотсын деп резолюция чыгарар, не дезе, мендештӱ иш ӧткӱрер...» деп, Додо јарлады.

«Кижи аайлагадый эдип куучындагар Бу сӧстӧрдиҥ јарымын да мен билбезим! Слер бойыгар да, мен сананзам, олорды аайлабайдаар» деп, Эд Мӱркӱт айдала, кӱлӱмјизин јажырарга, кайра кӧрди. Куштар араай каткырыжа берди.

«Тӱрген кургаарга, эбире јӱтӱриш ӧткӱрер керек деп айдарга санангам» деп, Додо јарбынды.

«А ол не?» Алиса сурады. Чынын айтса, Алисаны ол тыҥ ла јилбиркетпей турган, је кем-кем сурак берерин Додо сакып, унчукпай турды ошкош. Ончолоры база унчугыш-паста, Алисага сураарга келишкен.

«Јартаганча, кӧргӱссе артык!» деп, Додо айтты. (Айса болзо, сен де кышкыда бу ойынды ойноорго кӱӱнзеериҥ? Андый болгондо, Додо нени эткенин, мен сеге айдып берейин.)

Озо баштап ол јерге тегелик јурады. Тегелик тӱс эмес, койрык-тейрик болордо, Додо айтты: «Кебери јастыра болгоны, керекти ӱребес!» Оноҥ ончолорын келишкенче тегеликке кӱреелей тургусты. Кем де јакару бербеди— бойлорыныҥ ла кӱӱниле јӱтӱргиледи. Бу мӧрӧйлӧш канайда, качан токтоорын билер арга јок болгон. Јарым сааттыҥ бажында санаалары јеткенче јӱтӱреле, кургай бергилеерде, Додо кенетийин «Јӱтӱриш божогон!» деп кыйгырды. Ончолоры оны эбире турала, уур тыҥылап, «Кем јеҥген?» деп суражат.

Јазап сананбай, бу сурактыҥ каруузын Додо берип болбос. Ол сабарын мандайына јаба тудала, тоҥо берген чилеп кыймыктанбай, санана берди. (Мындый турушла Шекспирдиҥ сӱрин кӧргӱскилеп турганы санаагарга кирет пе?) Ончолоры унчукпай, сакып ла јат. Учы-учында Додо айтты: «*Ончогор* јеҥдеер! *Кажыгар ла* сый алараар!»

«А сыйларды кем ӱлеер?» деп, ончозы бир ӱнле кыйгырышты.

«*Ол* эмей!» деп, Додо Алиса јаар сабарын уулап айтты. Олор Алисаны эбире туруп, анаар ла кыйгырыжат: «Сыйлар! Сыйлар! Сыйларды ӱле!»

Алиса эдер немезин таппай барды. Ол алаатый береле, колын карманына сугуп, анаҥ кампеттерлӱ кичинек баштык чыгарды (ырыс болуп, көстиҥ јажы олорды кайылтпайтыр.) Олордыҥ кажызына ла (јӱк арайдаҥ) бир кампеттеҥ келишти.

«Је ол бойы да сый алар учурлу» деп, Чычкан айтты.

Додо улуркап, «Айса» деп јӧмӧди. Оноҥ Алисага бурылып сурады: «Карманыҥда не-не артты ба?»

«Јок. Јаҥыс ла оймок» деп, Алиса кунукчылду айтты.

«Оны бери бер!» деп, Додо јакарды.

Эмди ончолоры ойто ло Алисаныҥ јанына чогулышты, а Додо ого оймокты береле, көдӱриҥилӱ ӱниле айтты: «Бу јап-јараш оймокты сыйга алзын деп, сени сурайдыс!» Бу кыска куучын кыйгы-кышкыла јӧмӧлди.

Мыны кӧрӧлӧ, Алисаныҥ каткызы келди, је ончолорыныҥ бӱдӱш-бадыжы соок болордо, ол каткырарга тидинбеди. Ол Додоныҥ айтканына каруу берерге сананала, керектӱ сӧс табып болбой, јӱк бажын тоомјылу бӧкӧйтип ийеле, оймокты алды.

Ончолоры кӱндӱӱниҥ аш-курсагын амзагылап баштады. Сӱреен тыҥ тал-табыш ла шакпырт башталды. Јаан куштар чӱрче кампеттерин ажырып ийеле, амзаарга да јетпеди деп комыдажат. А оок куштардыҥ кејирине кампеттер кысталып каларда, белдерин таптаарга келишти. Учы-учында ончолоры ажаҥгылайла, кӱреелей отургылап, Чычканды нени-нени олорго куучындап берзин деп сурагылады.

«Слер бойыгарла болгон учуралды биске айдарга сӧзӧӧрди бердеер не» деп, Алиса айтты. «Ононг ненинг учун слер К ла И-ни кӧрӧр кӱӱнер јогын…» Чычканды ойто ло тарындырып ийеринег коркып, калганчы сӧстӧрди ол шымыранып айтты.

«Ол сӱреен узун ла кунукчылду учурал» деп, Чычкан ӱшкӱрип айтты.

Унчукпай барала, ол кенетийин чынгырды: «Куйругыла булгаар кара санаалу танма!»

«Куйругыла булгаар?» Алиса аланг кайкап, оның куйруты јаар кӧрди. «Куйрукла булгаары керегинде кунукчылду учурал?» Чычканның куучынын угуп, оның куйругыла мында кандый колбу бар деп, Алиса чек аайлабайт. Оның учун Чычканның куучындаган учуралы оның санаазында мынайда јуралды:—

«Тырмак чыч-
канга айтты:
„Бот кандый
керек, бис
экӱ јаргыга
барарыс, мен
сени јар-
гыладарым.
Кӱјӱреерге
албаданба,
бис экӱ
аайлажарыс,
ненин учун
дезе, таҥ
эртеннеҥ
бери мен
теп-тегин
отурадым.“
Бу уйалбас
танмага
чычкан
каруу бер-
ди: „Јаргы
јоғынаҥ,
истежӱ
јоғынаҥ,
örökön,
керекти
бапта-
бай јат.“
„Мен
јаргы
да,
мен
истежӱ
де,“
Тырмак
ого
айтты.
„Сени
öлтӱр-
зин
деп
јаргы-
лада-
рым.
Бот
мында
öлöриҥ.“»

«Сен укпайдыҥ! Не керегинде сен сананадыҥ?» деп,
Чычкан Алисага кату айтты.

«Јаманым таштагар. Слер бежинчи эбирилчикке келдеер, чын ба?» Алиса кемзинип, каруу берди.

«Тенексӱ куучын! Јаантайын кандый ла тенексӱ куучындар айдыжар! Олордоҥ мен арып калдым! Оны көгӱстеҥ *чыгарар керек!*» деп, Чычкан ачынды.

«Нени чыгарар керек?» деп, Алиса сурады. (Ол јаантайын кемге-кемге болужарга белен болгон.) «Болужайын слерге!»

«Санаама да кирбес!» деп, Чычкан кезем айдала, туура басты. «Бодоп ло калыраба! Сен мени тарындырарга турган эмтириҥ!»

«Канайып тураар!» Алиса јөпсинбейт. «Мен анайда сананбагам да! Слер јаантайын ла тарынып јадаар.»

Чычкан каруузына та нени де кимиректенди.

«Сурап турум, барбагар!» Алиса оныҥ кийнинеҥ кыйгырды. «Бойоорло болгон учуралды биске тӱгезе куучындап берзеер!» «Эйе-эйе, барбагар!» деп, ончолоры бир ӱнле оны јөмөгиледи. Је Чычкан јӱк бажын јайкайла, тӱрген мантай берди.

Ол көрӱнбей каларда, Попугай Лори ӱшкӱрип айтты: «Ол артпаганы, кандый карам!» А карган Медуза бойыныҥ кызына айтты: «Ой, кӧӧркий, мыны сананып ал! Јаантайын бойын *колго тудуп билер керек.*»

«Тилеерди эмеш тартаар, эне» деп, јиит Медуза кыртыштанып айтты. «Бу керегинде слер айдар эмезеер. Слердиҥ тилеерге керек дезе устрица да чыдажып болбос!»

«Бот мында Дина болгон болзо! Ол чӱрче ле оны кайра сӱӱртеп экелер эди!» деп, Алиса тыҥ айтты.

«Сураарга јараар ба: Дина ол кем?» деп, Лори јилбиркеди.

Алиса јаантайын бойыныҥ сӱӱген тындузы керегинде куучындаарга јакшызынатан. «Ол бистиҥ киске. Слер билген болзоор, ол канай чычкандарды тудуп јат! А кушты канай тудуп јат! А кушкашты кӧрӱп ле ийзе, ол ло тарый јип јадар!» деп, Алиса оморкоп айтты.

Бу куучын јуулгандардыҥ јӱректерине тыҥ томылана берген. Ононъ улам, куштар айылдары сайын таркаарга тӱргендегиледи. Карган Саҥыскан арчуулына оронып айтты: «Јанадым! Тӱнниҥ соок кейи мениҥ тамагыма каршулу.» А Канарейка тыркырууш ӱниле балдарын јууды: «Јанаактар, болчомдорым! Слер туку качан тӧжӧктӧ јадар учурлу болгоноор!» Удабай ончолоры кандый бир шылтак табып, айылдары сайын таркаарда, Алиса јаҥыскан артты.

«Бу мен Дина керегинде не айттым деер! Ол мында кемге де јарабайт! Је ол јер-телекейде эҥ талдама киске деп, мен бир де аланзыбайдым! Анаҥ јакшы киске таппазыҥ ине! Ой, кӧӧркий, Дина! Мен сени качан бир ойто кӧргӧйим не?» деп, ол кунукчылду сананды. Мында кӧӧркий Алиса ойто ло ыйлай берди, не дезе, ол јаҥыскан артала, сӱреен кунуга берген. Бир эмеш ӧйдӧҥ кандый да јеп-јеҥил базыт угулды. Ол ајыктанды. Айса болзо, Чычкан ачынып токтойло, бойыныҥ куучынын тӱгезерге келген?

IV Бажалык

Билль Трубанаҥ
Учуп Чыгат

Је бу Ак Кролик болгон. Ол та нени де бедиреп турган чылап, чочыдулу аjыктанып, кайра араай jелип бараатты. «Ой, Герцогиня! Герцогиня! О мениҥ кайран табаштарым! О мениҥ кайран тӱктерим ле сагалдарым! Мени öлтӱрзин деп, ол jакарар! Кыйалта jогынаҥ jакарар! Мен олорды кайда jылыйттым не?» деп, ол бойында араай кимиректенгенин Алиса угуп ийди. Ол веерди ле ак перчаткаларды бедиреп турганын Алиса сезип ийеле, ого акту кӱӱнинеҥ болужарга, олорды бедирей берди; је веер ле перчаткалар кайда да jок болгон. Ол кööлмöктö эжингсн öйдöҥ ала ончо неме кубулган, анайда ок jаан зал шил столло, кичинек эжикле кожо бӱткӱлинче jоголо берген.

Удабай Кролик бедиренип турган Алисаны аjарды. «Эй, Мэри-Энн, *сен* мында нени эдип jадыҥ?» деп, ол ачынып сурады. «Айлыҥа тӱрген барала, меге веер ле перчатка экелип бер! Је капшайла!» Алиса коркыганына билинбей калала, јакаруны бӱдӱрерге јӱгӱрди. Кролик оны öскö балала булгап турганын да ого јартабады.

«Ол, байла, мени горничный деп бодогон. Мен кем болгонымды ол билзе, кайкаар болбой! Андый да болзо, веер ле перчаткалар табылза, мен ого экелип берерим!» деп, ол јӱгӱрик бажында сананат. Бу ла öйдö ол ап-ару турачак кöрӱп ийди. Оныҥ эжигинде, јалтырада арчып салган јалбак јесте «А. КРОЛИК» деп бичип салтыр. Алиса токулдатпай ла ары киреле, текпишле саҥ öрö јӱгӱрди. Ол чын Мэри-Эннге јолугарынаҥ јалтанып турды. Ол оны чыгара сӱрип ийер деп, Алиса аланзыбайт, је ол тушта Алиса Кроликке веер ле перчаткаларды јетирип болбос.

«Мен Кроликтиҥ айбызында јӱргеним саҥ ла башка неме! Удабас Дина меге јакылталар берип баштабазын!» деп, Алиса сананат. Бу канайда болорын, ол санаазында јурай берди. «„Мисс27 Алиса! Бери тӱрген келигер! Соодонып барар öй јетти, а слер эмдиге ле кийинбегенеер!“ „Чӱрче ле сакалзаар! Дина келгенче, чычканныҥ ичегенин карууллдайын. Чычкан мантай бербезин, кöрӱп тур деп, ол меге јакыган!“ Дина мынайда ла јакарып баштаза, сӱрдӱртер болбой!»

Мынайда сананып, ол арузына килтиреп турган кыш јаар кирди. Кöзнöккö коштой стол турды. Оныҥ иженгениле, столдыҥ ӱстинде веер ле бир канча эжер кип-кичинек перчаткалар јатты. Алиса веер ле бир эжер перчатканы алып, кыптаҥ чыгып јадала, кӱскӱниҥ јанында турган кичинек пузырёкти кöрӱп ийди. «МЕНИ ИЧ» деп, анда бичилбеген де болзо, Алиса оныҥ бöгин ачып, эриндерине јууктадып сананат: «Мен нени-нени ажырып ла ийгемде, тургуза ла *кандый бир* јилбилӱ учурал боло беретен. Кöрööктöр, эмди не боло берер! Ойто ло öзö берген болзом кайдар. Кичинек болорго кӱӱниме тийди!»

Алиса канайда бодоштырган, андый ла болды. Ол јарымын да ичкелекте, бажыла потолокко тӱртти. Мойнын сындырып албаска, бажын эҥчейтерге келишти. Ол шил пузырёкти тӱрген столго тургузала, «Је, болор. Мында ла токтоорым деп иженедим. Мен эжикке батпазым ине. Мындый көп не ичтим деер!» деп, бойына айтты.

Канайдар, орой! Ол өзӱп ле jат, өзӱп ле jат. Тизеленерге келишти, је бир минуттаҥ бу да ас болуп калды. Бир колын бӱктейле jатты (колы эжикке jеде берген,) экинчизиле бажын кабыра алды. Бир минуттаҥ ого ойто ло тапчы боло берди—ол өзӱп ле jатты. Бир колын көзнөктöҥ чыгарарга келишти, а бир будын ыш чыгар трубага кийдирди. Анаҥ ары өзöр jер jок болгон. «Эмди канайтса да, мен нени де эдип болбозым. Мениле не *болгой не?*» деп, ол бойында айтты.

Је, ырыс болуп, бу куулгазын суузынныҥ ийдези мында чыга берди. Ол база öйспöй, токтоды. Чынынча, сӱӱнер неме jок болгон. Аргаданар ижемjи jок, оныҥ да учун ол кунукка алдырды.

«Айлымда кандый jакшы болгон эди! Анда мениҥ сыным бир ле кеминде болгон! Кандый ла кроликтер ле чычкандар меге jакару бербейтен. Не болордо, мен бу кроликтиҥ ичегенине кирдим! Је андый да болзо… андый да болзо… Мындый jӱрӱм меге jарап jат—мында ончозы сӱреен солун! Кайкайдым, мениле *не болгон?* Мен чöрчöктöр кычыргамда, аланзу jогынаҥ билетем, jер-телекей ӱстинде андый неме болбойтон деп! Эмди мен бойым куулгазындарга кирдим! Мен керегинде бичиир керек. Чып ла чын, бичиир керек! Бот jааназам, бичиирим…» деп, көöркий Алиса сананат. Алиса унчукпай барала, кунукчылду кошты: «Је мен jаанап калдым не… Мынаҥ ары меге мында jаанаар арга jок.»

«Мен мынайда ла артып калзам? Байла, бу коомой эмес— мен карыбазым! Ол тушта меге бастыра jӱрӱмиме уроктор ӱренерге келижер. *Јок ло туру!*» деп, Алиса сананат.

«Ой, Алиса, сен кандый тенек! Мында урокты канай ӱренетен? Сениҥ *бойыҥа* да јер јетпей јат… Бичиктериҥди кайда эдериҥ?» деп, ол бойынаҥ бойы сурайт.

Ол бойыла куучындажат, бойыла удурлажат; кезик аразында бир јанына болужат, кезикте экинчизиниҥ атаанын алат. Бу, чындаптаҥ, сӱреен јилбилӱ эрмек-куучын болды. Је кӧзнӧк алдынаҥ кемниҥ де ӱни угулды. Ол табыштанбай, тыҥдалана берди.

«Мэри-Энн! Мэри-Энн! Перчаткаларды бери экел! Је капшайзаҥ!» деп, кем де кыйгырат. Оноҥ текпиште кемниҥ де оогош буттарыныҥ тапылдажы угулды. Оны Кролик бедиреп турган деп, Алиса билип ийди. Ол коркыганына ончо бойы тыркыраарда, тура силкине берген. Алиса Кроликтеҥ муҥ катап јаан болгонын, эмди коркор неме јогын ол ундып салган.

Кролик эжикти табажыла ийтти. Је Алиса оны чакана- гыла ийдип аларда, ол ачылбады. «Канайдар база, тураны эбиреле, кӧзнӧктӧҥ киретем» деп, Кроликтиҥ айтканын Алиса угуп ийди.

«*Јок ло туру!*» деп, Алиса сананды. Кролик кӧзнӧккӧ базып келерин бодоштыра сакыйла, ол колын чыгарып, оны

тударга умзанды. Кыйгы-кышкы угулды, не де антарыл-
ганы билдирди, оодылган шил кынырады. Кролик огурчын-
дарлу теплица jаар ба, айса бого ло туҥейлеш неменин
ÿстине антарылды ошкош.

Ононг чугулду кыйгы угулды. «Пат! Пат! Бу сен кайда?»
деп, Кролик кыйгырат. Алиса мынаҥ озо качан да укпаган
ÿн «Мен мында! Аламалар кöмÿп jадым, öрöкöн!» деп, каруу
jандырды.

«Аламалар кöмÿп jадым! Ойди тапкан эмтириҥ! Меге
мынаҥ чыгарга болушкан болзоҥ, артык болор эди!» деп,
Кролик ачынат. (Ойто ло оодылган шил кынырады.)

«Пат, ол кöзнöктö не болотон?»

«Кол эмей, öрöкöн!»

«Кӧк тенек неме, кандый ол кол? Сен качан бир мындый кол кӧргӧн бӧ? Ол кӧзнӧккӧ јӱк арайдаҥ баткан эмтир не!»

«Андый болордоҥ айабас, ӧрӧкӧн! Је бу кол!»

«Оныҥ јери анда эмес! Барала, оны јок эт, Пат!»

Ыҥ-шыҥ боло берди. Кезик аразында шымыраныш угулат: «Ӧрӧкӧн, јӱрегим болдырбай јат… Ого тийбегер, ӧрӧкӧн! Сурап турум…» «Кортык неме! Нени айткан, оны—эт!» Алиса ойто ло колын кӧзнӧктӧҥ чыгара чӧйӧлӧ, база ла кемди-кемди тударга ченешти. Бу учуралда *эки* багырыш угулды, ойто ло шил кыҥырап тӧгӱлди. «Анда кандый јаан теплицалар. Эмди олор нени эткей не! „Оны јок эт, Пат!“ дезе бе! Мында јок болорго, *бойым* да сӱӱнер эдим. Олор меге болушкан болзо!» деп, Алиса сананды.

Ол база бир эмеш сакыды, је эбире тым болды. Бир эмеш ӧйдӧҥ абралардыҥ чыкыражы ла кӱӱлеген ӱндер угулды. Олор бой-бойын угушпай куучындажат: «Экинчи текпиш кайда?—Меге бирӱни ле экелзин деген. Экинчизи Билльде!—Эй, Билль, оны бери сӱӱрте!—Олорды бу толуктаҥ тургузып баштагар!—Озо баштап олорды буулап алар керек! Олор ортозына да јетпей јат!—Једер, коркыба!—Эй, Билль! Бууны тут!—А јабынты чыдажар ба?—Ајарынкай болугар! Бу черепица кыймыктап јат…—Ӱзӱле берди! Аҥтарылып јат!—Баштараарды чеберлегер!» (Сӱреен тыҥ јызырт угулды.) «Је бот, мыны кем эткен?—Мен сананзам, Билль!—Кем трубага кирер?—*Мен* кирбезим! *Бойыҥ* кир!—*Јок* ло туру! Кандый да аламашикир берзеҥ, кирбезим!—Билль киргей ле!—Эй, Билль! Угуп туруҥ ба? Ээзи сени кирзин деди!»

«Андый туру не! Айдарда, Билль киретен туру не? Ончолоры ого јарбып јат! Оныҥ јеринде болорго, мен качан да јӧпсинбес эдим. Мындагы камин оогош, је андый да болзо, оны тебип ийер аргам бар!» деп, Алиса бойына айтты.

Ол будын трубага теренжиде сугала, сакый берди. Уккажын, трубада, оныҥ чике ле ӱстинде, не де шылырап,

нени де тырмайт. (Бу не аҥ болгонын, ол аайлабады.) «А, бот Билль! Эмди не боло бергей не!» деп айдала, бар-јок кӱчиле трубаны тепти.

Озо баштап ол «Билль! Билль! Туку Билль чыгара учты!» деген кыйгылар укты. Ононг Кролик-тинг ӱни угулды: «Эй, јыраа-лардагы немелер, тудыгар оны!» Бир де табыш јок бололо, ойто ло јӱрексиреген ӱндер угулды: «Важын, бажын тудутар!—Ого коньяк беригер!—Ол кејир јаар эмес…—Је, кандый, нӧкӧр?—Бу болгон немени канай аайлаар, нӧкӧр? —Не болгон, куучындап берзен, нӧкӧр?»

Учында чичке ӱн угулды. («Бу, байла, Билль» деп, Алиса сананды.) «Бойым да билбезим… Быйан болзын, база керек јок. Оҥдоно бердим… Јаҥыс санааларым булгалып јат. Не де мени кийнимнен ийткендий. Бир ле кӧрзӧм, кутустангандый теҥериде турдым!»

«Чып ла чын, кутустый!» деп, артандары чуркурашты.

«Тураны ӧртӧп ийер керек!» деп, кенетийин Кролик айтты. Алиса бар-јок ӱниле кыйгырды: «Ол тушта мен слерге Динаны тукурарым!»

Ол ло тарый ынг-шынг боло берди. «Олор *эмди* нени эткей не? Јӱк нени-нени аайлагылап турган болзо, јабынтыны алгылап салар эди!» деп, Алиса сананды. Эки минут кире өйдиҥ бажында төмöн ойто ло кыймыгу башталды. «Эҥ башкыда бир тачка једер» деп, Кроликтиҥ айтканын Алиса угуп ийди.

«Бир тачка не болотон?» деп, Алиса сананды. Ол узак та кайкабады. Ол ло тарый оок таштар, мöндÿр чилеп, кöзнöктöҥ кийдире тöгÿле берди. Кезиктери оныҥ јÿзине де тийди. «Мен оны эмди ле токтодорым» деп, Алиса сананды. «Токтогор! Ононг öскö коомой болор!» деп, ол бар-јок ÿниле тыҥ кыйгырды. Ойто ло ыҥ-шыҥ боло берди.

Бу öйдö таштар јерге тÿжеле, пирожныйлар боло бергендерин Алиса кöрÿп, тыҥ кайкады. «Мен бу пирожныйлардыҥ бирÿзин јип ийзем, оборым öскöрö берер болбой!» деп, ол сананды.

Ол бир пирогты јийле, сыны кыскара бергенин сезип, сÿÿне берди. Эжиктеҥ öдöр болуп кыскарала, Алиса ол ло тарый туранаҥ чыгара јÿтÿрип, кöзнöктиҥ алдында јуулып калган ал-камык куштарды ла аҥдарды кöрÿп ийди. Олордыҥ ортозында Келескен Билль јатты; талайдыҥ чочколоры дейтен эки керткин ол кööркийдиҥ бажын тудала, та нени де ичиргилейт. Мында јуулгандар Алисаны кöргÿлеп ийеле, ол јаар чурадылар, је ол качып јÿтÿреле, удабай јыш-аркада болуп калды.

«Эҥ озо мен нени эдер учурлу? Ол—кандый сынду болгом, андый сынга јетире öзöри; ононг экинчизи—ол кайкалду садка јолды табары. Анайда ла эдедим. Мынаҥ артык шÿÿлтени табып та болбозыҥ!» деп, Алиса агаш аразыла барып јада бойына айтты.

Чындап та, оныҥ шÿÿлтези јап-јарт ла теп-тегин—талдама болды. Је анда бир једикпес болгон: оны канайда бÿдÿрерин Алиса билбес. Ол коркып, арка јаар улам ла ајыктайт. Кенетийин ÿсти јанынаҥ тыҥ ÿрÿш угулды. Ол чочыганына, öрö кöрди.

Ӧедеген кӱчӱк jаан тегерик кӧстӧриле ол jаар кӧрӱп, араайынаҥ табажын удура сунды. «Кӧӧркийди-и, кичине-ек немени-и!» деп, Алиса jарамзып айдала, сыгырарга ченешти. Ӧе оныҥ эриндери тыркыражарда, сыгырыш келишпеди. Айса болзо, кӱчӱк аштап турган болор бо? Канай да jарамзызаҥ, jип салардаҥ айабас!

Алиса тӧмӧн энчейип, jердеҥ чырбагал алала, нени эдип турганын jазап сананбай, кӱчӱк jаар сунды. Кӱчӱк ырызын бадырбай кынзыйла, саҥ ӧрӧ секирип, чырбагалды тиш-тенип алды. Алиса эбире соголо, сайгак ӧлӧҥниҥ[28] кийнине jажынды, нениҥ учун дезе, кӱчӱк сӱӱнгенине оны тепсеп те салардаҥ айабас деп, ол jалтанат. Ол ӧлӧҥниҥ кийнинеҥ көрӱнип ле келерде, кӱчӱк ойто ло чырбагал јаар калыды, је ајарынбай калала, тоолоно берди. Оныла ойноры—кош тартар кӱчтӱ атла ойнойло, оныҥ туйгактарыныҥ алдына кирип ӧлгӧнине тӱҥей деп сананала, Алиса ойто ло сайгак ӧлӧҥниҥ кийнине кире конды. Кӱчӱктиҥ чырбагалдан айрылар кӱӱни јок: ол ырада мантайт, онон тунгак ӱниле ӱрӱп, чырбагалга удура чурайт, онон ойто ло кайра мантайт. Учы-учында ол арыйла, уур тыныш, отура берди. Ол тилин чыгарып, јаан кӧстӧрин јарымдай јабала тымый берди.

Качатан ӧй шак ла бу болды. Алиса бир де минут калас ӧткӱрбей, јӱгӱрди ле. Ол учуртып баратканча, ыраакта кӱчӱктиҥ ӱрӱжи де угулбай барды. Арыганына тыныжы буула берерде, ол тура тӱшти.

Алиса от-чакайактыҥ[29] сабына јӧлӧнӧлӧ, серӱӱнденерге, оныҥ јалбырагыла јаҥый берди.

«Кандый јараш кӱчӱк! Мен сынымла ого келишкен болзом, оны јӱзӱн-јӱӱр обызындарга[30] ӱредип салар эдим! Ой, арай ла болзо ундылып калбады—меге база бир эмеш ӧзӧр керек! Ӧзӧргӧ, нени эдер керек, сананып ийейин. Нени де јип ийер эмезе ичип ийер керек эмес пе? А нени јиир-ичер керек? Чын да, нени?» деп, Алиса санааларына алдырып айтты.

Алиса эбире чечектерди ле ӧлӧндӧрди ајыктады, је јиирге эмезе ичерге јарамыкту нени де таппады. Ыраак јокто оныҥ сыныла тӱҥей јаан мешке турды. Алиса оныҥ кийнин, алдын, эки келтейин ајыктады. Мындый болгондо, оныҥ бӧрӱгинде не-не бар болор бо, кӧрзӧ кайдар деп, ол шӱӱди. Ол буттарыныҥ бажына турала, ӧрӧ ајыктады—једеен кӧк карыштакла кӧстӧри тийиже берди. Ол колдорын тӧжине карчый салала, узун кальянла табылу таҥкылап отурды.

Карыштак
Эп-Сӱме Айдат

Алиса ла Карыштак унчугышпай, бой-бойын узак аjыктагылады. Учы-учында Карыштак кальянды оозынаҥ чыгарала, карамтыга берген чилеп, боду ӱниле сурады: «Сен… кем… мындый?»

Бу баштапкы тушташ кӧнӱ куучынга тутак jетиргедий деп билдирди. «Эмди мен кем болгонымды билбей турум, ӧрӧкӧн. Таҥ эртен ойгоноло, *кем болгонымды* мен билер болгом. Jе анаҥ бери мен канча катап кубулгам» деп, Алиса кемзинип каруу jандырды.

«Оныла нени айдарга? Мееҥ бажыҥда ба?» деп, Карыштак кату сурады.

«Билбезим. *Ӧскӧ кижиде* ошкош. Кӧрзӧӧр дӧ…» деп, Алиса айтты.

«Кӧрбӧй jадым» деп, Карыштак айтты.

«Мыныҥ ончозын слерге, байла, jартап болбозым. Мен бойым да нени де аайлабайдым. Бир ле кӱнде канча катап оборыҥ солынза, чек булгала берерин» деп, Алиса тоомјылу айтты.

«Булгалбазыҥ» деп, Карыштак унчукты.

«Слерле андый учуралдар болбогон болор. Је качан слер куколка[31] бололо, оноҥ кӧбӧлӧк болуп кубулзаар, слерге де бу саҥ башка деп билдирер не» деп, Алиса *јартады*.

«Бир де билдирбес!» деп, Карыштак кыйгырды.

«Је, байла, *билдирбес*,» Алиса унчукты. «Је *меге* бу аланзу јоғынаҥ саҥ башка деп билдирет.»

«Сеге! А сен кем андый?» деп, Карыштак jескингендий унчукты.

Мынайып олор ӱзӱлген эрмек-куучынга такып бурылгылады. Карыштак оныла соок куучындашканы учун, Алиса эмеш ачынып турды. Ол тӱп-тӱс турала, ӱни бӱдӱмjилӱ угулзын деп, тың айтты: «Мен сананзам, озо баштап слер меге *кем болгоноорды* айдар учурлу.»

«Ненин учун?» деп, Карыштак сурады.

Алиса бу суракка каруу берип болбой, туйуктала берди. Ол эдер немезин таппай салды. Карыштак дезе чырайын соодоло отурарда, Алиса туура басты.

«Кайра бурыл! Мен сеге jаан учурлу неме айдайын,» Карыштак оның кийпинең кыйгырды.

Алиса оны угарга jилбиркейле, кайра бурылды.

«Бойынды колго тут!» деп, Карыштак айтты.

Алиса ачынбаска албаданып, «Бу ла ба?» деп сурады.

«Jок» деп, Карыштак каруу jандырды.

Алиса сакыыр деп шӱӱди. Карыштак чындаптаҥ ого кандый бир учурлу неме айдарга турган эмес пе? Карыштак унчукпай, анча-мынча ӧйгӧ ышты быркыратты. Учы-учында колдорын божодып, оозынаҥ соруулды чыгарала айтты: «Айтканыҥла болзо, сен ӧскӧрип калган ба?»

«Эйе, ӧрӧкӧн, оның учун меге сӱреен кунукчылду. Нени де эске алып болбойдым, ончозын ундып салгам. Он до минут ӧткӧлӧктӧ, сыным ӧскӧрӧ берет!»

«Нени ундыйдыҥ?» Карыштак сурады.

«„Кажы ла кӱнди канайда баалаган...“ деп ӱлгерди кычырарга умзангам, je чек ӧскӧ неме болуп калды,» Алиса кунукчылду айтты.

«„*Вильям аданы*“[32] кычыр» деп, Карыштак айтты.

Алиса колдорын эптештире тудуп, кычырып баштады:—

«„Вильям ада,“ уулчак сонырка̄п унчукты,
„Бажыҥ сениҥ ап-апагаш, буурыл.
Сен сананзаҥ, чын эдедиҥ бе,
Будыҥды кӧдӱрип, бажыҥа турганыҥ?“

„Јиит тужымда,“ карганак айдынды,
„Санаалу болорго коркып јӱретем.
Је бажымда мее јогын билеле,
Амыр турадым, будымды кӧдӱрип.“

„Сен, карганак,“ соңыркак jиит куучынын
    улалтты,
„Мен оны бажында ла билгем.
Нениң учун сен, ада, ÿч такып
Сальто-морталени эптÿ эттиң?“

„Jиит тужымда,“ уулына айтты адазы,
„Аҥылу сÿркÿшти эдиме сÿртингем.
Ченеп кörörгö алар болзоҥ,
Баазы оныҥ эки шиллинг, оҥдозоҥ.“

„Сен jиидиркебе,“ jилбиркек уулы унчукты,
„Ас эмес, jӱс jашты jажадыҥ.
Эки кастыҥ каарган эдин
Бир уунда jип саладыҥ.“

„Jиит ӧйимде jаактарым чыдалын
Бичиктер кычырып, оны тыҥытткам.
Сӧсблаажып, ӱйиме айдатам:
Jиирге-чайнаарга макалу таскагам!“

„Ачынба, адам, јарабас суракты
Сенеҥ сурап эмди угайын:
Јылан ошкош тирӱ балыкты
Тумчуктаҥ тӱжӱрбей, канай сен туттыҥ?“

„Болор эмес пе!“ адазы арбанды,
„Чагым чыкты сурагыҥ угарга.
Бежинчи суракты беретен болзоҥ,
Текпиштеҥ текпишке тоолонорыҥ.“»

«Ончозы јастыра» деп, Карыштак айтты.

«Эйе, *эмеш јастыра*. Кезик сӧстӧри ӧскӧ» деп, Алиса қӱӱн-кӱч јок јӧпсинди.

«Бажынаҥ ала учына јетире јастыра» деп, Карыштак кату айтты.

Ыҥ-шыҥ боло берди.

«Сен кандый сынду болорго қӱӱнзейдиҥ?» деп, Карыштак сурады.

«Башказы јок» деп, Алиса тӱрген айтты. «Билген болзоор, јаантайын кубулып турарга кандый јаман…»

«Билбезим,» Карыштак куучынды кезе сокты.

Алиса унчукпады. Јӱрӱминде оныла кем де мынайда удурлашпаган, оныҥ учун чыдалы да чыгып баратты.

«Эмди сениҥ қӱӱниҥ јарыды ба?» деп, Карыштак сурады.

«Слер јӧп болзоор, ӧрӧкӧн, мен бир де тамчы кире ӧзӧр қӱӱним бар. Ӱч дюйм—ол сӱреен коомой сын!» деп, Алиса каруу берди.

«Ол сӱрекей јакшы сын!» деп, Карыштак калјуурып кыйгырала, бастыра сынына тӱзеле берди. (Оныҥ узуны јӱк ле ӱч дюйм болгон.)

«Је мен андый сынга ӱренишпегем!» деп, кӧӧркий Алиса комыдалду айдала, ичинде сананды: «Мында ӱзе тарын-чактар јуулып калган ба!»

«Ӧй ӧткӧн сайын, ӱрениже берериҥ,» Карыштак ойто ло јӧпсинбеди, кальянды оозына сугуп, ышты кей јаар быркыратты.

Карыштак база катап јӱк бир сӧс айдар болор бо деп, Алиса чыдамалду сакый берди. Эки минут кире ӧйдиҥ бажында ол кальянды оозынаҥ чыгарып, эки катап эстейле, керилди. Онoҥ мешкенеҥ јылып тӱжеле, ӧлӧҥдӧрдиҥ ортозы јаар кирип јада, Алисага айтты: «Алды келтейинеҥ тиштезеҥ—ӧзӧриҥ, кийин келтейинеҥ—кыскарарыҥ!»

«*Нениҥ* алды келтейинеҥ? *Нениҥ* кийин келтейинеҥ?» деп, Алиса сананды.

Суракты уккан чылап, Карыштак «Мешкенинʼ!» деп айдала, кӧрӱнбей калды.

Алиса мешкени бир эмеш аjыктайла, онынʼ алды келтейи кайда, кийин келтейи кайда деп билерге чырмайды. Мешке тегерик болгон учун, ол чек аайланбай барды. Учында ол мешкени колыла кабыра тудала, кырларынанʼ сындырып алды.

«Кайкамчылу, кажызы онынʼ кажызы?» деп, Алиса сананала, онʼ колында тудунып алганынанʼ эмеш тиштейле, ажырып ийди. Ол ло тарый онынʼ ээгининʼ алдына та не де тынʼ тийеле, ананʼ ары будына табарды!

Мындый тӱрген кубулта оны сӱреен чочытты; ол тӱргенненʼ тӱрген кичинектеп jатты, онынʼ учун бир де минутты jылыйтарга jарабас. Алиса мешкенинʼ экинчи сыныгын тӱрген тиштейин дейле, оозын ачып болбоды. Не дезе, ээги буттарына jапшынып калган. Ол сӱреен тынʼ чырмайала, сол колындагы сыныкты jип ийди.

*   *   *   *   *

*   *   *   *

*   *   *   *   *

«Jе, карын, бажым jайымда!» деп, Алиса сӱӱнчилӱ кыйгырды. Jе онынʼ сӱӱнчизи чӱрче ле jаан чочыдула солынды: ийиндери кайдаар да jоголо берген. Ол тӧмӧн кӧрди, талайдый кӱйбӱреп jаткан jажыл jалбырактардынʼ ӱстинде, jоп-jоон саптый, сырайып калган узун мойын кӧрӱнди.

«Бу не *jажыл ӧзӱм* болотон? Менинг *ийиндерим* кайда барды? Кӧӧркий колдорым, слер кайда? Ненинг учун мен слерди кӧрбӧйдим?» деп, Алиса унчукты. Бу сӧстӧрди айдып, ол колдорын кыймыктатты, jе олорды кӧрӱп болбоды, jӱк тӧмӧртинде jалбырактардынʼ ӱстиле барган шылырт угулды.

Колдорын бажына јетире кӧдӱрип болбозын Алиса билеле, бажын *олор јаар* энчейтти. Мойны, јылан чылап, кайдӧӧн ле энилип турарда, ол айдары јок сӱӱнди. Алиса мойнын јараштыра койрыйта-мыйрыйта чӧйӧлӧ, јалбырактардыҥ ортозы јаар кирерге ле јадала, бу агаштардыҥ бажы деп билип ийген. Кенетийин тыҥ шыркыраш угулды. Ол чочыйла, тескери болды. Оныҥ чике ле јӱзи јаар аайы-бажы јок талбынып, Кӱӱле чурады.

«Јылан!» деп, Кӱӱле кыйгырды.

«Мен кандый да јылан эмезим! Меге тийбегер!» деп, Алиса ачынды.

«А мен айдадым, јылан!» Кӱӱле эмеш токынап, ойто такып айтты. «Мен нени ле эдерге ченештим, бир де туза јок. Олорго не де јарабайт!» деп, Кӱӱле ӧксӧп кошты.

«Нени айдып турганаарды бир де ондободым!» деп, Алиса айтты.

«Агаштардыҥ тазылдары, сууалардыҥ јараттары, тирӱ чедендер. Ох, бу јыландарды! Нени де этсеҥ, јаратпас!» деп, Кӱӱле нени де укпай, анаҥ ары айдат.

Алиса там ла там кайкайт. Кӱӱле айдынып токтобогончо, ого сурактар берип болбозыҥ.

«Мен уйа базып отурганым ас па, оныҥ ӱстине азатпайларды тӱни-тӱжи јыландардаҥ каруулдаар керек! Мен кӧзимди бир де јумбаганымнаҥ бери удабас ӱч неделе болор!»

«Слерди мынайда шакпырадып турган учун, меге слер сӱреен карам» деп, Алиса айтты. Эмди ол керектиҥ аайын билип баштады.

«Мен эҥ ле бийик агаштыҥ бажына чыгала, олордоҥ айрылдым ба деп сананып ла ийеримде, кайдаҥ база! Олор чӱрче ле једип келгилезе бе! Керек дезе теҥеринеҥ тӱжерге албадаҥгылап јат! У-у! Јеек Јылан!»

«Мен кандый да јылан эмезим! Мен тегин ле… тегин ле… » деп, Алиса айтты.

«Је айт, айт, сен *кем?* Нени де сананып табарга турганын кӧрӱнип јат» деп, Кӱӱле ӱкӱстейт.

«Мен… мен… кичинек кызычак» деп, Алиса аланзып айтты, ненинг учун дезе, бу ла кӱнде ол бир канча катап солынган.

«Је, база. Јӱрӱмимде мен кӧп оогош кысчактар кӧргӧм, је *бирӱзи де* мындый мойынду болбогон. Јок, тӧгӱндеп болбозың! Сен—јылан, ӧскӧ кем де эмезиң! Айса болзо айдарың, качан да јымыртка јип кӧрбӧгӧм деп,» ненең де јескинип турган чылап, Кӱӱле каруу берди.

«Јок, *јип кӧргӧм.* (Ол качан да тӧгӱнденбейтен.) Кысчактар јымыртканы база јип јат» деп, Алиса каруу јандырды.

«Андый эмес болбой. Је андый болзо, олор база јыландар! Менде база айдар неме јок» деп, Кӱӱле айтты.

Алиса кайкаганына, унчукпай барды. Кӱӱле кошты: «Билерим, билерим, сен *јымырткалар* бедиреп јадың! Сен кысчак па, айса јылан ба—меге тӱңей ле.»

«Је меге тӱңей эмес,» Алиса јӧсинбеди. «Чынын айтса, мен јымырткалар бедиребейдим! Бедиреген де болзом, *слердийи* меге керек јок. Мен чий јымырткалар сӱӱбейдим!»

«Је айса мынаң ары ырба!» деп, Кӱӱле соок айдала, уйазына ойто отура берди. Алиса јер јаар тӱжӱп јадала, шыралашты база кӧрди ле: мойны агаштың бӱрлерине оролот; ол ылтам сайын токтоп, оны анаң чыгарып турды. Бир канча ӧйдӧн Алиса колында эмдиге јетире мешкенин оодыгын тудунып алганын эске алды. Ол бир оодыктаң, онон экинчизинең тиштеп, кезикте оогоштойт, кезикте јаанайт. Ол анайып мешкени бойының јаантайынгы бӱдӱми болгончо јиген.

Бойына бойы ол саң башка деп билдирди, ненинг учун дезе, кандый болгонын ол ундып салган. Је удабай ӱренижеле, ойто ло бойы бойыла куучындажар боло берген.

«Је бот, сананып алганымнын јарымы эдилген! Бу кандый

кайкамјык кубулталар! Чӱрче ортозына сениле не болорын билбезиҥ… Је кем јок, эмди мениҥ сыным азыйгы бойы. Эмди ол бирги садка канай једерин билген болзом!» Ол эмди тӧрт футтаҥ бийик эмес кичинек турачак турган јаланга чыкты. «Кем де анда јадып турган болзо, *мындый* бӱдӱш-бадышту ары кирерге јарабас. Олорды ӧлтӱре коркыдып саларым!» деп сананала, Алиса оҥ колындагы мешкениҥ сыныгынаҥ тиштеп јийт. Тогус дюймга једире кичинек-тебегенче, ол турага јууктабады.

VI Бажалык

Мумпук ла Мырч

Ол тураны ајыктап, бир эмеш турды. Кенетийин агаш аразынаҥ ливреялу[33] јалчы чыгара јӱтӱреле, эжикти токылдада берди. (Кандый јалчы болгонын ливреязынаҥ билди. Тыш бӱдӱминеҥ кӧргӧндӧ, ол теп ле тегин балык болды.) Ого эжикти тегерик чырайлу, тозырак кӧстӱ, бакага сӱреен тӱҥей база ливреялу јалчы ачты. Экилезиниҥ бажында пудралап салган парик болгонын Алиса ајарып ийди. Мында не болуп турганын билерге, Алиса агаштыҥ кийнине јажынала укты.

Балык-Јалчы колтыгыныҥ алдынаҥ јаан самара чыгарала, Бака-Јалчыга берди. (Ол бойы самара кире оборлу болгон.) «Герцогиняга Бий-Абакайдаҥ.[34] Крокетке[35] айттыру» деп, ол улуркап айтты. Бака-Јалчы самараны алала, оныҥ айткан сӧстӧриниҥ јерлерин солыштырып, база улуркап айтты: «Бий-Абакайдаҥ Герцогиняга. Крокетке айттыру.»

Оноҥ олор бой-бойына тоомјызын кӧргӱзип, баштарын јабыс энчейткилеерде, быјыраш чачтары булгалышты.

Алисаныҥ каткызы келерде, оны олорго угуспаска, ол арканыҥ тӱби јаар јӱгӱрди. Ол бурылала, ойто ло агаштыҥ кийнинеҥ ајыктаза, Балык-Јалчы јок болды, а Бака-Јалчы теҥери јаар куру кӧстӧриле кӧрӱп, эжиктиҥ јанында отурды.

Алиса јалтана-јалтана, эжикке једип токылдатты.

«Не тегин токылдадар. Эки шылтак бар токылдатпаска. Баштапкызында, мен сен ле чилеп эжиктиҥ бир јанында. Экинчизинде, олор сӱреен тыҥ табыштаҥгылап јат, оныҥ учун сени кем де укпас» деп, Јалчы айтты. Чын да, турада сӱреен табышту болгон—кем де чыҥырган, кем де чичкирген, кезик аразында айак-казан ооткондый, кижининг кулагы тунгадый табыш угулган.

«Айтсаар, турага канай кирер?» деп, Алиса сурады.

«Бис экӱнинг ортогыста эжик болгон болзо, сен токылдадар эмтиринг. Темдектезе, сен анда бололо токылдатсанг, мен сени чыгарып ийер эдим» деп, Jалчы суракка каруу бербей айтты. Бастыра бу öйгö ол ӱзӱти jогынанг тенгеринги аjыктады. Алисага онынг тоомjы jогы мынанг билдирди. «Айса болзо, мында онынг бурузы jок. Не дезе, онынг кöстöри *сырангай* тöбöзининг jанында. Jе сурактарга карууны берер аргазы бар ине онынг» деп, ол сананды. «Турага канай кирер?» ол ӱнин бийиктедип, катап ла сурады.

«Эртенге де jетире болзо, мында ла отурадым...» деп, Jалчы айтты.

Бу öйдö эжик ачылала, Jалчынынг чике ле бажы jаар jаан тепши учуп келетти. Онынг кöзи jап та этпеди. Jе тепши jӱк тумчугынынг кырына тийеле, кийнинде турган агашка согулып, чарактала берди.

«...айса сонзунга jетире» деп, Jалчы не де болбогон чылап айтты.

«Турага канай кирер?» Алиса ӱнин тынгыдып сурады.

«Ары кирерге албан келген бе?» деп, Бака каруу берди.

Чын да андый болордонг айабас, jе Алисага бу чек jарабады. «Коркуштузын! Бу арjанынанг сöсблаажарга jайалган немелер!» деп, ол бойында кимиректенди.

Такып айдатан öй шак ла бу деп, Jалчы шӱӱген ошкош. «Мынайда ла кӱннег кӱнге мында отурарым...» деп, ол айтты.

«А *меге* нени эдер керек?» деп, Алиса сурады.

«Нени эдеринг, бойында» деп, Jалчы каруу jандырала, сыгыра берди.

«Ол андый тенек! Оныла не куучындажар» деп, Алиса ачуурканып сананды. Ол эжикти ийделе, кирди.

Элбек кухняда толтыра ыш болды. Оныҥ чике ле ортозында, талтак отургышта, Герцогиня отурды; ол јаш бала јайкайт. Казанчы дезе толтыра јармалу јаан казанныҥ ӱстине энчейип калтыр. Ол токтодыныҥ болбой, анаар ла чичкире берди.

«Бу јармада өткӱре көп мырч!» деп, Алиса сананды. Кейде де мырчтыҥ јыды көп болгоны билдирет.

Керек дезе Герцогиня да кезик аразында чичкирет, бала да чичкирип, бир де токтобой чыҥырат. Кухняда отургандардаҥ јӱк казанчы ла једеген мый чичкирбейт. Мый јакшызынып тургандый кӱлӱмзиренет.

«Айтсаар, нениҥ учун слердиҥ мый мынайда кӱлӱмзиренет?» деп, Алиса јалтанып сурады. Куучынды озо баштаза, оныҥ тоомји јогы көрӱнер бе, айса бу јарамыкту кылык болор бо деп, Алиса аланзып сананат.

«Нениҥ учун дезе, ол Чешир мый.³⁶ Бот нениҥ учун! Мумпукты сени!» деп, Герцогиня айтты.

Калганчы сӧстӧрди ол кезем айдарда, Алиса чочыганына секирип ийди. Је бу сӧстӧр ого эмес, јаш балага айдылганын ол оҥдоп, јана баспай, эрмегин улалтты:—

«Чешир мыйлар јаантайын кӱлӱмзиренип турганын мен билбегем. Чынын айтса, мыйлар кӱлӱмзиренип *билер* деп, мен качан да укпагам.»

«Билер. Ончолоры кӱлӱмзиренип билер!» деп, Герцогиня айтты.

Куучын-кумый кӧнӱ барып јатканына Алиса јакшы-зынып, «Мен андый бир де мый кӧрбӧгӧм» деп, јымжак айтты.

«Сен кӧп неме кӧрбӧгӧҥ, онызы чын» деп, Герцогиня куучынды кезе сокты.

Алисага оныҥ ӱни јарабады, оныҥ учун ол куучынды ӧскӧртӧр деп щӱӱди. Ол анайда сананып турганча, казанчы казанды оттоҥ чыгарала, нени де айтпай, кӧрӱнген ле немени: кӱлкӱни, кос тудар капкыны ла сускушты³⁷ Герцогиня ла јаш бала јаар шыбалай берди; олорды ээчий айактар, тарелкелер ле блюдцалар учкулайт. Герцогиняга олор анаҥ-мынаҥ тийген де болзо, ол кабагын да кыймыктатпады; а јаш бала мынаҥ да озо аайы-бажы јок чыҥырышта болгон, эмди ого ачу болгон бо, болбогон бо, билер арга јок.

«Сурап турум, токтозоор! Ой чике ле тумчукка! Кайран тумчук!» дейле, Алиса коркыганына секирип ийди. (Ол ло тарый јаан тепши јаш баланыҥ тумчугын арай ла ӱзе сокпой, кӧндӱре уча берди.)

«Кем де ӧскӧ улустыҥ керегине киришпеген болзо, јер тӱрген айланар эди!» деп, Герцогиня тунгак ӱниле кыйгырды.

«Анаҥ *јакшы ла* неме болбос эди. Сананзаар да, ол тушта тӱш ле тӱн канайда берер эди! Јер јирме тӧрт сааттыҥ туркунына эбирӱ эдет...» деп Алиса айдала, билгирин кӧргӱзерге, сӱӱне берди.

«Эбирӱ?» Герцогиня кунукчылду сурады. Оноҥ казанчыга бурылала айтты: «Оны эбиртип ий! Бажын кезе сок!»

Чочып калган Алиса казанчы јаар кӧрди, је ол неге де аҗару этпей, јармазын булгап ла јатты. «Јирме тӧрт ошкош, айса он эки беди?» деп, санаага алдырган Алиса айтты.

«Менеҥ сураба. Тоолорло мен качан да јарашпайтам!» деп, Герцогиня айтты. Ол кабай кожоҥын кожоҥдоп, баланы јайкай берди. Кажы ла куплеттиҥ учында ол баланы тыҥ силкийт.

«Чичкирип турган баланы
Согоор оны кезедип,
Нениҥ учун ол дезе,
Чичкирет слерге ӧчӧжип!»

КОШ КОЖОҤ
(оны јаш бала ла казанчы јӧмӧдилер):—
«Кру! Кру! Кру!»

Герцогиня экинчи куплетти баштады. Ол јаш баланы потолок јаар чачып, ойто тудуп алат. Онызы аайы-бажы јок чыҥырарда, Алиса кожоҥнын сӧстӧрин де аайлабайт.

«Мениҥ эрке мумпугым,
Кару болчок уулчагым.
Кыркылдабай уйукта,
Коокой базат тымыкта.»

КОШ КОЖОҤ
«Кру! Кру! Кру!»

«Тут!» деп, Герцогиня кенетийин кыйгырала, Алисага jаш баланы чачып берди. «Сеге jарап турган болзо, оны эмеш jайка. А меге Бий-Абакайда болотон крокетке барарга кийинер керек.» Анайда айдып, ол кухнянан чыгара jÿтÿрди. Казанчы оның кийнинең сковородкала шыбалаарда, онызы ого тийбеди.

Алиса баланы тудуп аларда, ол паровоз чылап мыжылдап, эки башка экчелип, ойто тÿзелет. Ол ого саң башка кöрÿнди: буттары ла колдоры, торт ло талайдың jылдызы[38] деген тынду чылап, jер-башка сарбайыжып калган. Алиса оны jÿк арайдаң тудуп, jерге jыкпаска албаданат.

Учы-учында Алиса бир колыла оның оң кулагынаң тутты, экинчизиле сол будынаң ала койды, онон кÿрмей буулаган чылап толгойло, бир де божотпой тудуп, туранаң чыгарды. «Баланы бойымла кожо апарбазам, бир-эки кÿннең олор оны божоткылап салар. Оны мында арттырганы—каршулу керек» деп, Алиса сананды. Калганчы сöстöрди ол угуза айдарда, бала удура кыркылдап ийди. (Оның чичкирижи токтоп калган.) «Кыркылдаба. Санаа-шÿÿлтени мынайда кöргÿспей jат!» деп, Алиса айтты.

Jаш бала ойто ло кыркылдап ийди. Алиса чочып, оны аjыктады. Оның бÿдÿжи саң башка кöрÿнди: тумчугы *кандый да* тегерик, öрö тартылып калган, кöстöри кичинек. Текши алза, оның бÿдÿжи Алисага чек jарабады. «Айса, ол öксöп ыйлаган болор бо» деп сананала, ыйдың jажы барба деп, кöстöрине кöрди.

Jаш анда кайдаң келзин. «Бот, кööркийим, сен мумпук болуп кубуларга турган болзоң, мен сени ундып саларым. Билдиң бе!» Кööркий ойто ло öксöп ийген—билер арга jок (эмезе кыркылдап ийген!), jе олор анаң ары тал-табыш jогынаң jолын улалттылар.

Jанып келеле, оныла нени эдерин Алиса шÿÿп турганча, ол кенетийин ойто ло тың кыркылдап ийерде, Алиса коркый берген. Ол оның jÿзин jазап аjыктайла кöргöжин, ол мумпуктыҥ бойы болтыр! Оны анаҥ ары апарары темей керек.

Оныҥ учун Алиса оны јер јаар божотты. Ол токыналу арал јаар маҥтаарда, Алиса јеҥил тынып ийди. «Ол эмеш јаанай берген болзо, онон коомой бала бӱдер эди. А эмди ол—сӱреен эрке мумпук!» деп, Алиса сананды. Эмди ол öскö балдарды эске алып баштады, олордоҥ јап-јакшынак мумпуктар чыгар эди. «Олорды канай кубултарын билген кижи» деп сананала, Алиса чочый берди: бир канча алтам ыраакта, агаштыҥ будагында, Чешир Мый отурды.

Алисаны кöрöлö, Мый јӱк кӱлӱмзиренди. Ол буурзак бӱдӱштӱ де болзо, је тырмактары узун, ал-камык тиштерлӱ учун, ого тоомјылу баштанар керек.

«Мыйычак! Чешик!» деп, Алиса корко-корко баштады. Мынайда баштанганы ого јараар, та јок, Алиса билбейт, је ол кӱлӱмзиренген ле бойы. «Јарады ошкош» деп сананала, Алиса сурады: «Айткан болзоор, мен мынаҥ ары кайдööн барарым?»

«А сеге кайдööн барар керек?» деп, Мый сурады.

«Меге тӱҥей ле...» деп, Алиса айтты.

«Тӱҥей болзо, кайдööн дö барбай» деп, Мый темдектеди.

«...кайдööн дö болзо, једер керек» деп, Алиса јартады.

«Кайдööн-кайдööн сен кыйалтазы јогыҥ једериҥ. Јаҥыс сӱреен узак базар керек» деп, Мый айтты.

Мыныла јöпсинбес арга јок болгон. Алиса куучынды öскöртöргö шӱӱйле, «Мында кандый улус јуртап јат?» деп сурады.

«Туку *анда* Шляпник[39] јуртап јат» дейле, Мый оҥ табажыла јаҥыды. «*Анда* Тулаанай Койон» дейле, сол табажыла јаҥыды. «Кемизине барарыҥ, башказы јок. Экилезиниҥ санаалары тутак.»

«Санаалары тутак немелер меге не керек?» деп, Алиса айтты.

«Нени де эдип болбозыҥ,» Мый јӧпсинбеди. «Мында бис ончобыс тутак санаалу—сен де, мен де.»

«Мени тутак санаалу деп, слер кайдаҥ билереер?» деп, Алиса сурады.

«Айса, тутак эмей. Андый учун сен бери келип калган» деп, Мый каруу берди.

Бу шүүлте Алисаны бүдүмјилебеди, је андый да болзо сурады: «Бойыгардыҥ санаагар тутак деп, слер кайдаҥ билереер?»

«Ийттиҥ санаазы тутак эмес болгонынаҥ баштайлы. Јӧп пӧ?»

«Је болзын,» Алиса јӧпсинди.

«Ийт ачынза, ыркыранат, ого не де јарап турза, куйругыла булгайт. А меге не де јарап турза, база ыркыранадым, ачынгамда, куйругымла булгайдым. Айдарда, мен—тутак.»

«*Мен сананзам,* слер ыркыранбай јадаар, а кыркырап турадаар. Мен анайда айдып јадым.»

«Канайда айдарыҥ, анайда ла айт. Анаҥ не де кубулбас» деп Мый айдала, «Сен бүгүн Бий-Абакайдыҥ айттырузыла, крокет ойноорыҥ ба?» деп сурады.

«Ойноор кӱӱним бар, је мени эм тура кычырбаган» деп, Алиса айтты.

«Анда кӧрүжип ийерис» деп айдала, Мый јоголо берди.

Алиса оны кайкабады, не дезе, ол јӱзӱн-базын куулгазындарга ӱрениже берген. Ол Мый отурган будакты лаптап аjыктаза, кенетийин Мый ойто ло ол ло јеринде кӧрүне берди.

«Чындап, ол балала не болды? Сураарга, ундып сал-
тырым» деп, Мый айтты.

«Ол мумпук болуп кубула берген,» Мый куулгазындалбай
бурылган чылап, Алиса токыналу айтты.

«Мен анайда ла санангам» деп айдала, Мый ойто ло jоголо
берди.

Ол кайра бурылар болор бо деп, Алиса анча-мынча
сакыды. Je ол келбесте, Алиса Тулаанай Койон jуртап
jаткан jер jаар барды. (Оныҥ jартаганыла.) «Шляпалар
көктөп турган устарды мен көргөм. Тулаанай Койон канча
катапка jилбилÿ. Эмди тулаан ай эмес, кÿÿк ай, ол jÿÿл-
гексибес болор бо» деп, Алиса бойында айдат. Алиса
көстөрин көдÿрип ийерде, ойто ло агашта Мый көрÿнди.

«Сен мумпук дединг бе, айса кÿртÿк дединг бе?» деп, Мый
сурады.

«Мумпук деп айттым,» Алиса каруу берди. «Слер мындый
тÿрген көрÿнип, ононг ойто jоголбозоор. Ононг улам, менинг
бажым айланып jат.»

«Jакшы» деп айдала, Мый ойто ло араайынанг jоголо
берди. Озо ло оныҥ куйругынынг бажы jоголды, учында—

кӱлӱмјизи; ончозы јоголо берерде, кейде ол кӱлӱмји узак
теерип[40] турды.

«Је-је! Мен кӱлӱмји јок мыйларды кӧргӧм, је мый јок
кӱлӱмјини качан да кӧрбӧгӧм. Јӱрӱмимде мындый саҥ
башка немеге учурабагам!» деп, Алиса сананды.

Эмеш базып барадала, ол Тулаанай Койонныҥ туразын
кӧрӱп ийди. Јабынтыныҥ ӱстинде койонныҥ терезинеҥ
эдилген эки труба сырайып калтыр. Олор койонныҥ
кулактарына тӱҥей кӧрӱнген. Тура сӱреен јаан болордо, ол
мешкениҥ сол сыныгынаҥ канча кире керек јиди. Эки
футтаҥ кӧп эмес ӧзӧлӧ, ол тура јаар јӱреги типилдеп басты.
«Айса, ол калјуу? Шляпникке барар керек болгон!» деп
сананды.

Ттуранынг келтейинде öскöн агаштынг алдында аш-курсакту стол турды. Анда Тулаанай Койон ло Шляпник чай ичип отургылады. Олордынг ортозында Чычкан-Уйкучы отура уйуктайт. Шляпник ле Тулаанай Койон, jастыкка чылап, ого jöлöнöлö куучындажат. «Кööркий Уйкычыга кандый эп-jок! Jе ол уйкуда, онынг учун нени де сеспейт» деп, Алиса сананды.

Стол jаан да болгон болзо, jе чайлап отургандар онынг бир толугында чогулыштыр. Алисаны кöрöлö, олор кыйгы-рышты: «Бош jер jок! Бош jер jок! Отурар jер jок!» «*Jер толтыра!*» деп, Алиса ачынып айдала, столдынг бажында турган jаан креслого отура тÿшти.

«Кызыл аракынанг ичсенг!» деп, Тулаанай Койон омок айтты.

Алиса столды лаптап аjыктаарда, анда чайданг öскö не де jок болды. «Меге аракы кöрÿнбейт» деп, Алиса айтты.

«Андый эмей! Ол мында jок!» деп, Тулаанай Койон jарлады.

«Андый болзо, нениҥ учун слер меге анайда айттаар? Ол јаман кылык!» деп, Алиса ачынды.

«А сен айттыру јоғынаҥ не отура бердиҥ? Ол база јаман кылык!» деп, Тулаанай Койон каруу берди.

«Стол јаҥыс ла *слерге* деп, мен билбегем. Айак-калбактар отургандардаҥ канча катап көп» деп, Алиса айтты.

«Сениҥ чачыҥ анаар ла өзүп калтыр не! Оны кайчыладып алза, чаптык болбос эди» деп, Шляпник кенетийин куучынга киришти. Мынаҥ озо ол Алисанаҥ көзин албай, соныркашту ајыктап, унчукпай отурган.

«Өскö кижиниҥ јÿрÿмине киришпеске ÿренигер» деп, Алиса кату айтты.

Шляпник көстөрин тозырайтала, нени де айтпады. «Кускун незиле конторкаға[41] тÿҥей?» деп, ол учында сурады.

«Мынайда артык. Табышкактар—ол сÿÿнчилÿ сооттоныш.—Сананзам, мен оны табып ийерим» деп, ол уғуза айтты.

«Бу табышкактыҥ каруузын билерим деп айдарга ба?» деп, Тулаанай Койон сурады.

«Чып ла чын,» Алиса jöпсинди.

«Анайда ла айткан болзоҥ. Нени сананып турганын jаантайын чыгара айдып турар керек» деп, Тулаанай Койон темдектеди.

«Мен анайда ла эдедим. Айтканымды jаантайын сананып jадым… а олордыҥ учуры тӱп-тӱҥей…»

«Чек тӱҥей эмес,» Шляпник jöпсинбеди. «Айса болзо айдарыҥ: „Мен jип турган курсагымды кöрӱп jадым“ ла „Мен кöрӱп турган немени jип jадым“ дегени—тӱп-тӱҥей!»

«Айса сен айдарыҥ: „Нени эдинедим, оны сӱӱйдим“ ле „Нени сӱӱйдим, оны эдинедим“ дегени—тӱп-тӱҥей!» деп, Тууланай Койон jöмöди.

«Айса сен база айдарыҥ: „Мен уйуктап турган учун тынып jадым“ ла „Мен тынып турган учун уйуктап jадым“ дегени—тӱп-тӱҥей!» кöзин ачпай, Уйкучы кимиректенди.

«Je сеге бу кандый ла учуралда тӱп-тӱҥей!» деп Шляпник айдарда, куучын ӱзӱлди. Кыска öйгö ончолоры тымый тӱшкиледи. Кускундар ла конторкалар керегинде ас та болзо билерин эске аларга, Алиса чырмайды.

Куучынды Шляпник баптады. «Бӱгӱн кандый число?» ол Алиса jаар бурылала, карманынаҥ чазын чыгарып сурады. Ол чочыдылу чазы jаар кöрöлö, оны силкип, кулагына jаба тутты.

Алиса эмеш сананала айтты: «Тöрт.»

«Эки кӱнге тöгӱндеп jат!» деп, Шляпник ӱшкӱрди. «Мен айттым не: оны сарjула сӱркӱштеерге jарабас!» ол Тулаанай Койон jаар эбиреле, кородоп айтты.

«*Jаҥы ла белетеген* сарjу болгон» деп, Койон jалтанып унчукты.

«Ары калаштыҥ оодыктары тӱшкен эмтир. Калаштыҥ бычагыла сӱркӱштебес керек болгон,» Шляпник арбанды.

Тулаанай Койон часты алала, оны кунукчылду аjыктады, оноҥ оны чайлу айакка суғала, ойто ло аjыктады. «Бӱдӱмjилеп jадым сени, сарjу *jаҥы ла белетелген* болгон,» өскӧ нени де сананып таппай, Койон такып айтты.

Алиса соныркап, онын ийиндери ажыра кӧрӧт. «Кандый каткымчылу час. Ол ӧй кӧргӱспей, число кӧргӱзип jат!» деп, Алиса темдектеди.

«Анаҥ не болор? Сениҥ чазыҥ jыл кӧргӱзет пе?» деп, Шляпник кимиректенди.

«Jо-ок. Jыл сӱреен узак чӧйилип jат!» деп, Алиса тӱрген каруу берди.

«Менийи де база ла андый!» деп, Шляпник кошты.

Алиса алаатый берди. Шляпниктиҥ айткан сӧстӧринде учур jок немедий, jе кажы ла сӧсти алгажын, jарт болгон. «Мен слерди аайлабай jадым» деп, ол тоомjылу айтты.

«Уйкучы ойто ло уйкуда» деп Шляпник темдектейле, оныҥ тумчугына изӱ чай чачты.

Уйкучы кородошту бажын силкийле, кӧстӧрин де ачпай айтты: «Айса, айса, мен jаҥы ла анайда ла айдарга белетенип алган болгом.»

«Табышкакты таптыҥ ба?» Шляпник ойто ло Алиса jаар бурылып сурады.

«Jок. Jеҥдирттим. Каруузы кандый?» деп, Алиса сурады.

«Билерде билбезим» деп, Шляпник айтты.

«Мен база» деп, Тулаанай Койон jӧмӧди.

Алиса ӱшкӱрип ийди. «Эдер немегер jок болзо, каруузы jок табышкактардаҥ ӧскӧ нени-нени сананып тапкан болзогор. Теп ле тегин Ӧйди ӧткӱрип jадаар!» деп, ол корододы.

«Ӧй, мен ле ошкош, талдама болгонын сен билген болзоҥ, айтпас эдиҥ. *Оны* jылыйтып болбозыҥ! Ого чак-кӱчеер jетпес!» деп, Шляпник айтты.

«Слер мыныла нени айдарга сананганаарды аайлабадым» деп, Алиса айтты.

«Айса! Сен оныла качан да куучындашпаган да болорыҥ!» дейле, Шляпник јескинген чилеп, бажын силкиди.

«Куучындашпаган да болорым. Је Ӧйди канай ӧлтӱрери јанынаҥ кӧп катап санангам!» деп, Алиса ајарынып айтты.

«А-а! Айса ончозы јарт» деп, Шляпник айтты. «Ӧйди ӧлтӱрер! Ого бу јараар ба? Сен оныла ачынышпаган болзоҥ, нени ле кӱӱнзезеҥ, оны сурап алар эдиҥ. Темдектезе, эмди эртен тураныҥ тогус саады—урокко барар Ӧй. Сен ого бир ле сӧсти шымыранып ийзеҥ, стрелка ичкери мантаар! Јарым эки—тӱштеги ажаныш боло берер!»

(«Кандый јакшы болор эди!» деп, Тулаанай Койон араай ӱшкӱрди.)

«Талдама болор эди, је бу ӧйгӧ мен аштабас та болбойым» деп, Алиса санааларына алдырып айтты.

«Баштап тарый андый болбогодый, је сен стрелканы јарым экиге канча кире керек, анча ла кире тударыҥ ине» деп, Шляпник каруу берди.

«Слер анайда ла *эткенеер бе?*» деп, Алиса сурады.

«Јок» дейле, Шляпник кунукчылду бажын јайкады. «Бу неме јӱӱлердеҥ озо (ол калбакла Тулаанай Койонго кӧргӱсти) бис тулаан айда ачынышканыс. Бий-Абакай јаан концерт кӧргӱскен, мен «Ӱкӱни» кожондойтон болгом.

> *„Не имдейдиҥ сен, ӱкӱ,*
> *Чочыдыҥ ба сен коркып?“*

Ол кожонды сен билериҥ бе?

«Андый нени де мен уккам» деп, Алиса айтты.

«Анаҥ ары мындый» деп, Шляпник улалтты:—

> *„Бийикте сен, ӱстисте,*
> *Чек тепши теҥериде!»*
> > *Сен имдейдиҥ, имдейдиҥ...“»*

Уйкучы сертес эделе, уйку аразында кожондой берди: «*Сен имдейдиҥ, имдейдиҥ, имдейдиҥ, имдейдиҥ...*» Ол чек токтодынып болбойт. Уйкучыны токтодорго, Койон ло Шляпник оны эки јанынаҥ чымчыды.

«Мен баштапкы куплетти тӱгезедеримде ле, кем де айткан: „Ол унчукпаган болзо, је канай-канай Ӧйди ӧлтӱрер керек!“ Ол ло тарый Бий-Абакай кыйгырды ла: „Ӧйди ӧлтӱрер! Ол Ӧйди ӧлтӱрерге јат! Оныҥ бажын кезигер!“

«Кандый казыр кылык!» деп, Алиса кыйгырды.

«Онон ло бери Ӧй меге не де эмес. Ол ло бойы алты саатта туруп калган...» деп, Шляпник кунукчылду айтты.

Мында Алисага сезим келди. «Оныҥ учун чай ичишке ончо белен бе?» деп, ол сурады.

«Эйе, мында јаантайын чай ичер Ӧй. Бис керек дезе айак-казанды да јунарга божобой јадыс!» Шляпник ӱшкӱрип, каруу берди.

«Бир јерден база бир јерге отурып јадаар ба?» деп, Алиса ондогонын чыгара айтты.

«Чып ла чын. Бир айактаҥ ичип ийеле, öскö јерге отурып аладыс» деп, Шляпник айтты.

«Качан ойто ло бажына јетсегер, не болор?» деп, Алиса јалтанып сурады.

«Бис куучынды öскöртип ийзеес, кандый болор?» деп, Тулаанай Койон эстеп сурады. «Бу куучындар мениҥ кÿÿниме тийди. Бу барышня биске чöрчöк айдып берзин деп сурайдым.»

«Мен нени де билбезим» деп, Алиса коркып айдат.

«Айса Уйкучы айтсын! Уйкучы, турзаҥ!» деп, Шляпник ле Койон ÿн алышты.

Уйкучы меҥдебей, кöстöрин ачты. «Мен уйуктаарга сананбагам да. Айтканаарды ÿзе уккам» деп, ол туҥак ÿниле шымыранды.

«Чöрчöк куучында!» деп, Тулаанай Койон некеди.

«Эйе, куучындазаар, сурап турус» деп, Алиса јöмöди.

«Капшайла, ойто ло уйуктап калдыҥ!» деп, Шляпник кошты.

«Эјелÿ-сыйынду ÿч кыс болгон. Олорды Элси, Лэси, Тилли деп адагылайтан. Олор кутуктыҥ тÿбинде јуртаган...»

«Олор нени јиген?» деп, Алиса сурады. Улус нени јип-ичип турганын билерге, ол јаантайын јилбиркейтен.

«Кисель» деп, эмеш сананып турала, Уйкучы каруу берди.

«Јаантайын јаҥыс ла кисель бе? Оны кажы ла кÿн ичерге кÿч. Олор оорый берер» деп, Алиса јöпсинбеди.

«Эйе, олор оорыгылай берген» деп, Уйкучы килегендÿ айтты.

Бастыра јÿрÿмине јÿк ле кисельле ажанып јÿрерин Алиса оҥдоорго албаданып, оны кайкап та турза, сурады: «А нениҥ учун олор кутуктыҥ тÿбинде јаткан?»

«Чайдаҥ база ичсен» деп, Тулаанай Койон Алисага эҥчейип айтты.

«Мен эм тура чай ичпегем, база ичер аргам јок,» Алиса тарынды.

«Чек ичпегенче, база ичсе сӱреен јакшы» деп, Шляпник айтты.

«Слердиҥ шӱӱлтегерди кем де сурабаган» деп, Алиса јарбынды.

«Öскö кижиниҥ јӱрӱмине эмди кем кирижет?» деп, Шляпник кöдӱриҥилӱ сурады.

Бу суракка Алиса каруу берип болбоды. Ол бойына чайдаҥ урала, калашты сарјулады. Оноҥ Уйкучыга бурылала, сурагын такып берди: «Нениҥ учун олор кутуктыҥ тӱбинде јаткан?»

Уйкучы сананып турала айтты: «Нениҥ учун дезе, кутуктыҥ тӱбинде кисель болгон.»

«Андый кутуктар болбой јат!» деп, Алиса ачынып кыйгырды. Је Шляпник ле Тулаанай Койон оны токыназын деп, «Шш! Шш!» дешти. Уйкучы дезе кунукчылду кимиректенди: «Бойынды токтодып билбес болзоҥ, анаҥ арыгызын бойыҥ айт!»

«Јаманымды таштагар!» деп, Алиса уккур сурады. «Мен база куучынды ӱспезим, анаҥ ары айтсаар, сурап турум. Айса болзо, кайда да база *бир* шак андый кутук бар.»

«„Бир“—сеге!» Уйкучы öчöгöндӱ каткырды. Андый да болзо, куучынды улалтарга ол јöпсинди. «Ол ӱч эје-сыйын кысчактар, кожоҥ-комытта чылап, сайрап јаткан…»

«Кожоҥ-комытта чылап? Олор нени кожоҥдогон?» деп, Алиса сурады.

«Кожоҥдобогон, а *ичкен*. Кисель эмей база» деп, Уйкучы каруу јандырды.

«Меге ару айак керек. Öскö јерлерге отуралы!» деп, Шляпник киришти.

Ол одожындагы отургышка отурды. Уйкучы—оныҥ јерине, Тулаанай Койон—Уйкучыныҥ јерине, а Алиса, арга јокто, Тулаанай Койонныҥ јерине отурды. Бу Шляпникке ле јарамыкту болгон; Алисаныҥ ӱстине арай болзо сӱт чачылбаган, ненин учун дезе, Тулаанай Койон сӱттӱ айакты бойынын тарелкезине ычкынган.

Алиса база такып Уйкучыны тарындырбаска, јобош ӱниле сурады: «Мен аайлабай јадым… Олор анда канай јаткан?»

«Онын незин аайлабас, балыктар сууда јадат ла. А бу кысчактар кисельде јаткан! Аайладын ба, тенегеш!» деп, Шляпник айтты.

«Је ненин учун?» Шляпниктин айтканын укпаачы болуп, Алиса Уйкучынан сурады.

«Ненин учун дезе, олор кисельный барышнялар болгон.» Алиса кайкаганына унчукпай барды.

«Олор анайда ла јаткан, торт ло кисельдеги балыктар чылап. База олор М-нан башталган јӱзӱн-базын… немелер јурайтан…» деп Уйкучы айдала, эстеп, көзин арчыды.

«Ненин учун М-нан?» деп, Алиса сурады.

«А ненин учун јурабайтан?» деп, Тулаанай Койон сурады.

Алиса унчукпады.

Бу өйдö Уйкучы көстöрин јумала, карамтыга бертир. Је Шляпник оны чымчып ийерде, ол чынырала, ойгоно чарчады. «…М-нан башталат,» Уйкучы тоолоп баштады. «Олор математиканы, мундарды, мааланы, меелейлер јураган… Сен качан-качан көргöн бö, мундарды јурап турганын?»

«Ненин мундарын?» Алиса сурады.

«Ненин де эмес. Тегин ле мундар!» Уйкучы каруу берди.

«Билбезим» деп, Алиса айтты, «айса…»

«Билбес болзон, унчукпа,» Алисанын айдарга јатканын Шляпник ӱзе сокты.

Мындый кезем сöс Алисага качан да јарабайтан, ол ачынганына тӱрген öрö турала, туура басты. Уйкучы тургуза ла уйуктай берди, а Койон ло Шляпник Алисанын сала бергенин ајарбадылар да. Олор санаа алынала, оны кайра кычыргылаар болор деп сананып, Алиса эки катап кайа кӧрди, је не де кубулбады. Алиса калганчы катап кайра кӧрӧрдӧ, олор Уйкучыны чӧйгӧнгӧ кептеп јаттылар.

«База катап мен ары качан да барбазым! Мындый јӱӱлгексӱ чайлаш јӱрӱмимде кӧрбӧгӧм!» деп, Алиса бойында айдынып, агаш аразыла барып јатты.

Анайып турала, ол бир агашта эжик кӧрӱп ийди. «Кандый кайкамчылу! Чынын айтса, бӱгӱн ончозы кайкамчылу! Бу эжиктеҥ мен киретем» деп сананала, ары кирди.

Ол ойто ло шил стол турган узун залда болуп калды. «Эмди мен санаалу» дейле, јӱлкӱӱрди алып, сад јаар барар эжикти ачып ийди. Онон бийиги бир фут сынду болгончо, мешкени чайнады (мешкениҥ сыныгы оныҥ карманында артып калган). Ол чичке коридорло ӧдӧлӧ, *учы-учында* јаркынду чечектерлӱ ле серӱӱн фонтандарлу, јараш, кайкалду садта болуп калды.

VIII Бажалык

Бий-Абакайдыҥ Крокеди

Садтыҥ эжигинде роза öзÿп jатты. Та ненинг де учун ÿч сад ишчилер ол ак розаларды кызыл öнгö будып jаткылады. Алиса кайкайла, олорго jууктада базып келди. Уккажын, бир ишчи экинчизине айдат: «Аjарынгкай бол, Беш-Кöс! Сен ойто ло будукты мениҥ ÿстиме чачып салгаҥ.»

«Мен бурулу эмес. Jети-Кöс мениҥ чаканагымды ийткен!» деп, Беш-Кöс кунукчылду айтты.

Jети-Кöс ол jаар кöрöлö айтты: «Чын, Беш-Кöс! Jаантайын öскöлöрин бурула!»

«Сен унчукпаган болзоҥ, артык болор эди. Сениҥ бажыҥды туку качан кезип салар керек деген Бий-Абакайдыҥ айтканын кече мен бойымныҥ кулагымла уккам!» деп, Беш-Кöс айтты.

«Нениҥ учун?» деп, баштапкы сад ишчи сурады.

«Сениҥ, Эки-Кöс, керегиҥ jок!» деп, Jети-Кöс куучынды кезе сокты.

«Jок, *бар*» деп, Беш-Кӧс удурлашты. «Мен ого айдарым, нениҥ учун. Нениҥ учун дезе, ол казанчыга согононыҥ ордына кӱкӱрт чечектиҥ[42] тазыл-согонозын экелип берген!»

Jети-Кӧс кистьты чачты. «Акту jердеҥ бурулашты…» деп баштайла, ол унчукпай барды, нениҥ учун дезе, ол Алисаны кӧрӱп ийген. Арткан экӱзи ол jаар бурылгылады, оноҥ ӱчӱлези баштарын jабыс энчейттилер.

«Слер нениҥ учун бу розаларды будып jадаар?» деп, Алиса jалтанып сурады.

Беш-Кӧс лӧ Jети-Кӧс нени де айтпай, Эки-Кӧс jаар кӧргӱледи; ол бурылала, араай айтты: «*Кызыл* розалар ӧскӱрер керек болгон, а бис, jӱӱлгектер, ак розалар отургызып салганыс. Бий-Абакай мыны укса, бистиҥ баштарысты кестирип салар. Ол келгелекте, чырмайып jатканыс бу…» Бу ла ӧйдӧ Беш-Кӧс (ол садтаҥ кӧзин албай турган) кыйгырды: «Бий-Абакай! Бий-Абакай!» Сад ишчилер кӧҥкӧрилип, мандайларын јерге тийгискиледи. Базыт угуларда, Алиса кайра кӧрди. Ол Бий-Абакайды кӧрӧргӧ, энчикпей турган.

Эҥ алдында эштилер[43] тудунган он јуучыл базып келетти; олор сад ишчилерге сӱреен тӱҥей болгон—андый ла јалбак ла тӧрт толукту, толуктары сайын колдорлу ла буттарлу. Олордыҥ кийнинеҥ база он шрееениҥ јууктары,[44] јуучылдар чылап, экинеҥ баскылайт; олордыҥ кийимдерин саракайларла саймалап салтыр. Шрееениҥ јууктарынын кийнинеҥ кааннын балдары јӱгӱрижет. Олордыҥ кийимдеринде кызыл јӱректерди алтынла саймалап салган; олордыҥ да тоозы он болгон. Эрке болчомдор колдорынаҥ тудужала, јӱгӱрик бажында сӱӱнчилӱ секиргилейт. Олордыҥ кийнинеҥ айылчылар базат, ончолоры—Бийлер ле Бий-Абакайлар. Анда Ак Кролик те болгон; ол та нени де, ачынган чылап, тӱрген айдып, ӱзезине кӱлӱмзиренет. Ол Алисаны ајарбай, ӧткӱре база берди. Айылчылардыҥ кийнинеҥ Кајыл Валет кызыл јастыкта Бийдиҥ короназын апарып јатты. Эҥ ле учында КАЈЫЛ БИЙ ЛЕ КАЈЫЛ БИЙ-АБАКАЙ баргылап јатты.

Алиса аланзыйт: айса болзо, бу јаркынду јӱрӱш-базышты кӧрӱп, ол ӱч сад ишчилер чилеп, ого до мандайы јерге тийгенче, кӧҥкӧрӧ тӱжер бе? Је бу јанынаҥ ол кандый да ээжи укпаган. «Ончолоры кӧҥкӧрлип турган болзо, мындый јаркынду јӱрӱшти не ӧткӱрер… Кем де нени де кӧрӱп болбос ине…» Ол турала, кӧрӧр деп щӱӱди.

Олор Алисага тендежип келеле, токтой тӱжӱп, оны узак ајыктагылады. Бий-Абакай кату сурады: «Мынызы кем боло берди?» Ол Валет јаар кӧрӧлӧ сураган, је онызы јӱк кӱлӱмзиренеле, тоомјылу энчейди.

«Тенек неме!» деп, Бий-Абакай кыртыштанды. Онон Алиса јаар бурылала сурады: «Сениҥ адыҥ кем, балачак?»

«Мениҥ адым Алиса, Улу Абакай» деп, Алиса тоомjылу айтты. Ичинде дезе сананды: «Бу jӱк ле кӧзӧрдиҥ колодозы не! Мен олордоҥ не коркыйтам?»

«А *бу* кемдер мындый?» розаны айландыра кӧҥкӧрилип калган сад ишчилер jаар уулап сурады. Колододо ончолорыныҥ чамчалары тӱҥей учун, там ӱстине jӱстериле тӧмӧн jаткылаган болзын, олор сад ишчилер бе, jуучылдар ба, ширеениҥ jууктары ба, айса оныҥ бойыныҥ балдарыныҥ ӱчӱзи бе, ол аайлабады.

«Мен кайдаҥ билерим. *Мениҥ* анда керегим jок» деп, Алиса каруу jандырала, бойыныҥ jалтанбазын кайкайт.

Бий-Абакай ачынганына кызара берди, оноҥ, казыр аҥ чылап, Алиса jаар кылчас эдип көрөлö, бар-jок ӱниле алгырды: «Онын бажын кезигер! Кезигер…»

«Кижи каткыртпагар!» деп, Алиса тыҥ айтты. Бий-Абакай унчукпай барды.

А Бий оныҥ колын тудуп, jобош ӱниле айтты: «Сананзаҥ, нöкöр! Ол jаш бала ине!»

Бий-Абакай чутулду кайра бурылала, Валетке jакыды: «Олорды антар!»

Валет сопогынын бажыла сад ишчилерди араайынаҥ антарды.

«Öрö туругар!» деп, Бий-Абакай чыҥырды. Сад ишчилер öрö тургулайла, Бий-Абакайга, Бийге, олордыҥ балдарына, öскöлöрине де бажыргылай берди.

«Тургуза ла токтогор! Слердин бажырыжаарданг мениҥ бажым айланат!» деп, Бий-Абакай ойто ло алгыра берди. Оноҥ ол роза jаар көрöлö кошты: «А слер мында нени *эдедеер?*»

«Слердиҥ jаратканаарла, Улу Абайкай, бис…» Эки-Кöс сынгар тизезине тӱжӱп, jайнаганду эрмегин баштады.

«Ончо *jарт!* Баштарын кезигер!» Бий-Абакай розаларды аjыктап айтты. Базыш оноҥ ары улалды. Ӱч jуучыл jакаруны бӱдӱрерге, арткылап калды. Кööркий сад ишчилер болуш сураарга, Алиса jаар jӱтӱрдилер.

«Слерди кем де öлтӱрбес!» дейле, Алиса олорды jуугында турган чечектиҥ jаан айагы jаар сугуп ийди. Ӱч jуучыл эбире базып, jаргыладып салгандарды анча-мынча бедирегиледи. Олор көрӱнбесте, токыналу туура баскылап, нöкöрлöрине jедижерге мендегиледи.

«Jе не, баштарын кезип салдаар ба?» деп, Бий-Абакай сурады.

«Олордыҥ баштары jоголып калган, Улу Абакай!» деп, jуучылдар кыйгырышты.

«Талдама! Крокет ойноорыс па?» Бий-Абакай алгырды.

Јуучылдар табыш јогынаҥ Алиса јаар кӧргӱледи: Бий-Абакай ого айткан ошкош.

«Ойнооктор!» деп, Алиса кыйгырды.

«Айса, баралы!» деп, Бий-Абакай багырды. «Мынаҥ ары не болор?» деп, алаҥ кайкаган Алиса бойынаҥ сурайла, айылчылардыҥ ортозы јаар кире берди.

«Бӱгӱн кандый… кандый јакшы кӱн, чын ба!» деп, кем де унчукты. Ол ӧрӧ кӧргӧжин, јанында Ак Кролик базып, оны коркып калган кӧстӧриле ајыктайт.

«Эйе, талдама кӱн» деп, Алиса јӧпсинди. «А Герцогиня кайда?»

«Шш! Шш!» деп, Кролик чочыганду шыркырайла, буттарыныҥ бажына туруп шымыранды: «Оны ӧлтӱрер деп јӧптӧгӧн.»

«Нениҥ учун?» деп, Алиса сурады.

«„Кандый карам“ деп айттыҥ ба?» деп, Кролик сурады.

«Анай айдарга сананбагам да. Меге ол бир де карам эмес. Мен сурагам: „Нениҥ учун?“ деп.»

«Ол Бий-Абакайдыҥ јаагына кӧп катап тажыган» деп, Кролик айтты. Алиса сӱӱнгенине каткырып ийди. «Арай!» Кролик коркыды. «Бий-Абакай угуп ийбезин! Билериҥ бе, Герцогиня оройтып каларда, Бий-Абакай айткан…»

«Ончогор јерлерээр сайын туругар!» деп, Бий-Абакай кӱркӱреди. Бой-бойына табарып, јыгылып, ойто ӧрӧ туруп, ончолоры јерлери сайын јӱгӱргиледи. Ол ло тарый кажызы ла бойыныҥ јеринде турды. Ойын башталды.

«Јӱрӱмимде мындый јырыктарлу ла ойдыктарлу крокет ойнойтон јер кӧрбӧгӧм» деп, Алиса сананды. Тирӱ кирпилер[45] крокеттиҥ шарлары болды, тирӱ фламинго-лор—маскалар, а јуучылдар эпчелип, колдорына ла бут-тарына туруп, параталар боло бергиледи. Ойын божогончо, олор кӱрлер болуп тургулады.

Алиса озо баштап бойыныҥ фламингозыла эптежип болбойт: оныҥ бажын саҥ тӧмӧн эде колтыгыныҥ алдына сугала, буттарын кийни јаар тууралатты. Онон кенеркедип турала, фламинголо кирпини согорго ло јатса, ол мойнын ээйле, Алисаныҥ кӧстӧрине сүреен ајарулу, чике *кӧргӧндӧ*, ол каткыра берет. Алиса јӱк арайдаҥ фламингоныҥ бажын ойто тӧмӧн түжӱрип ле алза, кирпи—јок, ол эбиреле, араайынаҥ туура мантап отурар. Оныҥ ӱстине кирпилер јырыктарга түшкилеп калган, а јуучылдар-параталар белдерин түзедип, ойын ӧткӧн јаланныҥ бир учы јаар баргылаар. Бир сӧслӧ, Алисага бу ойын сүреен уур ла кӱч деп билдирди.

Ойноочылар бой-бойын сакыбай, бир уунда кирпилерди согуп тургулады, оноҥ улам олор ачыныжып согушкылайт. Удабай Бий-Абакай калјуурала, буттарыла тебип, аайы-бажы јок кыйгырды: «Оныҥ бажын кезигер! Бажын оныҥ јок эдигер!»

Бий-Абакайла эм тура Алиса ööркöшпöгöн, је сакыбаган јанынаҥ ачыныш боло до берер деп, ол јалтанат. «Ол тушта мениле не болор? Мында баш кезерге сÿреен сÿÿгилеп јат. Карын, эзен-амыр арткандары бар эмтир, оны кайкайдым!» деп, Алиса сананат.

Ол ары-бери ајыктанып, билдирбезинеҥ качарга ла турарда, кейде кандый да јарт эмес неме бары билдирди; озо баштап ол алаатый берди, је анча-мынча öйдöҥ бу кÿлÿмји деп оҥдойло, бойына айтты: «Бу Чешир Мый, эмди куучындажар арга болор.»

Куучындаар болуп оозы тапту кöрÿне берерде, Мый сурады: «Је кандый јÿрÿҥ?»

Оныҥ кöстöри кöрÿнип ле келерде, Алиса кекиди. «Тургуза каруу берерге, темей керек. Кулактары кöрÿнгенче сакыйдым, бир де кулагы кöрÿнзе, јакшы» деп, Алиса сананды. Удабай оныҥ бÿткÿл бажы кöрÿнди; Алиса фламингоны јерге тургузала, куучындажар арга барына сÿÿнди. Оборыныҥ кöп јаны иле болордо, артканын не кöргÿзер деп, Мый щÿÿген болор. Анаҥ ары оныҥ нези де кöрÿнбей барды.

«Мен сананзам, олор чек башкадаҥ ойноп јат. Кандый да чындык јок, бой-бойын угушпай, кыйгырыжып ла јат. Ээжилер јок, болгон до болзо, олор оныла тузаланбас. Слер билген болзоор, ончозы тирÿ болордо, ойноорго кандый кÿч. Темдектезе, эмди ле паратанаҥ öдöйин дезем, ол кайдаар да туура сала берген! Эмди ле Бий-Абакайдыҥ кирпизин сÿрейин дезем, ол менийин кöрÿп ле ийеле, маҥтай берген!» деп, Алиса айтты.

«Бий-Абакай сеге незиле јарап јат?» деп, Мый араай сурады.

«Чек јарабайт» деп, Алиса каруузын јандырды. «Ол анайда...» деп анаҥ ары айдып ла јадала, кийин јанында

Бий-Абакай тыҥдаланып турганын аҗарды. «...андый җакшы ойноп турган учун, җеҥдиртип те ийер кÿÿниҥ келер» деп, Алиса тÿрген айда салды.

Бий-Абакай кÿлÿмзиренеле, туура басты.

«Сен кемле куучындажып туруҥ?» Бий Алисага җууктай базып келеле, Мыйдыҥ бажын соныркаганду аҗыктап сурады.

«Ол мениҥ наҗым, Чешир Мый. Танышкар» деп, Алиса каруу берди.

«Ол меге чек җарабайт. Је мениҥ колымды окшоор болзо, окшогой» деп, Бий айтты.

«Тыҥ ла кÿÿнзебейдим» деп, Мый каруу берди.

«Тынзынба! Мен җаар анайда кӧрбӧ!» деп, Бий кимиректенеле, Алисаныҥ кийнине җажынды.

«Мыйлар бийлерди аҗыктабас учурлу деген җаҥ җок. Мен оны та кайдаҥ да кычыргам, җаҥыс санаама кирбейт» деп, Алиса айтты.

«Јок, оны мынаҥ җок эдер керек» деп, Бий кезем айтты. Кӧндÿре базып бараткан Бий-Абакайды кӧрӧлӧ айтты: «Кайраным, бу Мыйды җок этсин деп җакарзаҥ!»

Уур-кÿч айалга кичинек те, җаан да болгондо, Бий-Абакай оныҥ аайына чыгарга, сок җаҥыс сÿме билген. «Оныҥ бажын кезигер!» деп, ол кӧрбӧй лӧ кыйгыратан.

«Мен бойым баш кезеечини экелерим!» деп, Бий сÿÿнчилÿ айдала, җÿгÿре берди.

Ыраакта Бий-Абакай нени де кыйгырганча айдып турганын Алиса угала, оны кӧрӧргӧ басты. Кӧргӧжин, ÿч ойноочы ӧйинде ойынга кирбеген учун, Бий-Абакай олордыҥ баштарын кессин деп җакарыптыр. Бÿткÿлинче болуп турган керектер Алисага җарабады: ойын тыҥ булгалып калган учун, эмди оныҥ җÿрÿжи бе, айса җок по—аайлабайт. Арга җокто ол кирпизин бедиреерге басты.

Кирпизи ӧскӧ кирпиле согужып җатты. Шак бу ла ӧйдӧ олордыҥ бирÿзин экинчизиле крокеттейтен сÿреен эптÿ арга деп, ол кӧрди. Је кандый карам, Алисаныҥ фламин-гозы садтыҥ бир учы јаар сала бертир. Алиса кӧрзӧ, ол агашка чыгара учарга, темей умзанып јатты.

Ол фламингоны тудала кайра келгежин, кирпилер согужын токтодып, кайдаар да мантажа бертир. «Керек беди, параталар база јӱргӱлей берген» деп, Алиса сананды. Фламинго база мантай бербезин деп, Алиса оны колты-гыныҥ алдына сугала, најызыла база эмеш куучындажып аларга барды.

Качан ол Чешир Мыйга кайра келгежин, айландыра јык толо улус болды. Баш кезеечи, Бий ле Бий-Абакай бой-бойын угушпай, кажызы ла нени де айдып кыйгырат, арткандары кынгыс эдип унчукпай, јӱк ле јаҥыс јерде кемзингендӱ тепсенгилейт.

Ол ӱчӱ Алисаны кӧргӧн лӧ јерде керектиҥ аайына чыксын деп, ол јаар чурадылар. Кажызы ла бойыныҥ шӱӱлтезин такып айдат, је бир ле уунда ӱчӱлези айдып турган учун, керектиҥ аайына Алиса чыгып болбоды.

«Баштаҥ ӧскӧ не де јок болгондо, башты кезип болбозым» деп, Баш кезеечи айтты. Ол андый неме качан да эптеген, эдерге де сананбайт, ненин учун дезе, андый керек эдерге, ол *карып* калган!

«Бодоп ло калырабагар! Баш бар болгондо, оны кезерге јараар!» деп, Бий кизиреди.

«Куру сӧстӧрди токтодоло, тургуза ла керекти башта-базаар, ончогордын баштарын ээчий-деечий кестирерим!» деп, Бий-Абакай айтты. (Бу сӧстӧрдӧҥ улам, ончолоры јаан кунукка ла карыкка алдырды.)

«Мый—Герцогинянын. *Оныла* јӧптӧжӧр керек!» деп, Алиса айтты.

«Ол тӱрмеде. Оны бери экел!» деп, Бий-Абакай айдала, Баш кезеечи jaap бурылды. Баш кезеечи jaкаруны бӱдӱрерге, сурт ла этти.

Ол ло тарый Мыйдыҥ кейдеги бажы араайынаҥ jоголып баштады. Баш кезеечи Герцогиняны экелип турганча, баштаҥ не де артпады. Бий ле Баш кезеечи крокет ойнойтон jаланла телчип турганча, айылчылар ойынга бурылдылар.

Бозубаш-Јербаканыҥ Куучыны

«Ой, эркежим, сени көрөлö сÿÿнгенимди билген болзон» деп, Герцогиня јымжак ÿниле айдала, Алисаны туура јединди.

Герцогинянын санаа-кÿÿни талдама болгонын Алиса кайкап, «Ол, байла, мырчтаҥ улам ачынчак болгон» деп сананды.

«Качан бир мен Герцогиня болзом, менин кухнямда *качан да* мырч болбос. Јарма ол до јогынаҥ амтанду! Мырчтаҥ улам мырчыҥдап тургулаган болбой...» деп, Алиса бойына айтты. Мынайда сананала, јаҥы ээжи тапкан болорым деп, Алиса сÿÿне берди. «Уксустан—ÿкÿстеер»[46] деп, неге де санааркагандый айтты. «Горчицанан—кородоор, согононон—соксондоор,[47] аракынаҥ—арбанар, аламанан—алмактанар.[48] Мыны кем де билбези кандый карам... Кандый да *кÿчтер* болбос эди. „Алама“ ла дезе, алмактаҥгылай берер эди!»

«Сен, эркежим, та нени де сананып, кыҥыс эдип унчупайдыҥ. Оныҥ ӱредӱ сӧзи[49] мындый… Јок, бажыма чек неме эбелбейт! Кем јок, ононг до эзедип ийерим ине…»

«Айса, мында кандый да ӱредӱ сӧс јок» деп, Алиса темдектеди.

«Канай јок болотон!» Герцогиня јӧпсинбейт. «Ончозында бойыныҥ ӱредӱ сӧзи бар. Јаҥыс оны табып билер керек!» Мынайда айдала, ол Алисага јапшына берди.

Алисага бу јарабады: баштапкызында, Герцогиняныҥ чырайы ӧткӱре јаман; экинчизинде, оныҥ сӱп-сӱӱри ээги Алисаныҥ јардыла теҥ болгон. Је андый да болзо, Алиса кӱркет болбоско, Герцогиняны туура турзын деп айтпай, арга-чыдалы јеткенче чыдажат.

«Ойын көндӱге берди ошкош не» деп, Алиса куучынды улалтарга чырмайат.

«Мен сениле јӧп. Оныҥ ӱредӱ сӧзи мындый: „Сӱӱш, сӱӱш, сен јер-телекейди кыймыктададыҥ...“»

«Кем де айткан ошкош эди: улустыҥ јӱрӱмине кириш пегени—ол эҥ ле јаан учурлу керек» деп, Алиса шымыранды.

«Олордыҥ учуры тӱп ле тӱҥей» деп, Герцогиня Алисаныҥ јардына ээгин кийдире кадап унчукты. «А оныҥ ӱредӱ сӧзи *мындый*: „Ончозыныҥ учурын санан, а сӧстӧр бойы келер“.»

«Ол кайдаҥ ла ӱредӱ сӧс табарын сӱӱп јат» деп, Алиса сананды.

«Сени мыкыныҥнаҥ тутпай турганымды, байла, кай кайдыҥ. Керек неде дезе, сениҥ фламингоҥныҥ кылык- јаҥы аайынча менде аланзыш бар. Айса, ченеп кӧрӧӧк пӧ?» деп, Герцогиня айтты.

«Ол тиштеп ийердеҥ айабас» деп, керсӱ Алиса айдала, Герцогиня оны кучактай тудуп ийбезин деп јалтанганын јажырат.

«Чып ла чын» деп, Герцогиня јӧпсинди. «Фламинголор горчицанаҥ коомой тиштебейт. Оныҥ ӱредӱ сӧзи мындый: „Бу тӱҥей учушту куштар“.»

«Јаҥыс горчица куш эмес» деп, Алиса темдектеди.

«Сен ойто ло чып ла чын темдектедиҥ. Шӱӱлтелериҥ кандый јарт!» деп, Герцогиня оны мактады.

«Горчица—минерал болор керек» деп, Алиса билеркеди.

«Минерал эмей, аа» деп, Герцогиня јӧпсинди. Алиса нени ле айтканда, ол оныла јӧпсинерге белен болды. «Не-неме јаратан сӱреен тыҥ ийделӱ минерал. Оныла миналар белетеп, јердиҥ алдыла јол салганда јарып јат... Ӱредӱ сӧзи мындый: „Коомой ойында эҥ учурлузы—јакшы мина“.»

Герцогинянынг калганчы сӧстӧрин кулагыныҥ кырыла да укпаган Алиса кенетийин кыйгырды: «Эске алдым! Горчица—ол маала аш. Чынын айтса, маала ашка ол түҥей эмес, je андай да болзо, ол маала аш.»

«Мен сениле jӧп» деп, Герцогиня айтты. «А ӱредӱ сӧзи мындый: кажы ла маала ашка—бойыныҥ ӧйи. Эмезе тегин сӧслӧ айткажын, кандый бир учуралда ӧскӧрип те калзаҥ, сен бойыҥды ӧскӧ деп, качан да сананба.»

«Мен мыны бичип алган болзом, артык аайлаар эдим» деп, Алиса тоомjылу айтты.

«Бу айтканым, тыҥ ла эмес эмей. Керексизем, мынаҥ да артык айдар эдим» деп, Герцогиня мактанды.

«Бу да jедер. Сурап турум, мынаҥ узун эрмек-куучынла бойоорды сандыратпагар» деп, Алиса айтты.

«Канайып туруҥ, бу сандыраш эмес. Ончо айтканымды сеге сыйлап jадым» деп, Герцогиня ӧлтӧгин кӧргӱсти.

«Болор-болбос сый. Карын, чыккан кӱндерде мындый сый эдилбейт!» деп, Алиса сананды. Je мыны чыгара айдарга, ол тидинбеди.

«База ла нени де санана бердиҥ бе?» деп Герцогиня сурайла, ойто ло Алисаныҥ jардына ээгиле кадады.

«А мен не сананбайтам?» деп, тарына берген Алиса сурады.

«Чочкого до учарга jараар эмес пе?» деп, Герцогиня айтты. «Ӱредӱ сӧзи» деп сӱӱген сӧзин учына jетире айтпай, Герцогиня туктурылып, Алисаны тудуп алган колы тыркырай берди. Оны Алиса кайкап, кӧстӧрин ӧрӧ кӧдӱрди. Кӧргӧжин, олордыҥ алдында колдорын тӧжине карчый салала, кабактарын jуурып алган Бий-Абакай турды.

«Талдама кӱн эмтир, Бий-Абакай» деп, Герцогиня араай шымыранды.

«Мен сеге акту кӱӱнимнеҥ ажындыра айдадым,» Бий-Абакай jерди тебип кыйгырды. «Сен бистиҥ ортобыста jок болорыҥ эмезе бажыҥды кестирериҥ. Тургуза ла шӱӱ!»

Герцогиня шӱӱйле, ол ло тарый јоголо берди.

«Ойыныска бурылалы» деп, Бий-Абакай Алисага айтты.

Алиса коркыганына нени де айтпай, оны ээчий ойноор јер јаар басты. Бий-Абакай бир канча ӧйгӧ јок болгонын айылчылар тузаланып, кӧлӧткӧдӧ амырап отургылады. Бий-Абакайдыҥ бурылганын олор кӧргӱлеп, бойлорынын јерлери јаар тӱргендегиледи. «Кем-кем бир ле кичинек табыланза, тынын кыйарым» деп, Бий-Абакай јууктап келеле јарлады.

Ойын ӧдӱп турганча, Бий-Абакай ойноочыларла ӱзӱти јогынаҥ ачыныжып кыйгырат: «Онын бажын кезигер!» Јуучылдар јерлеринеҥ туруп, кӧӧркийлерди айдап апаргылайт. Онын шылтузында параталар там ла там астайт. Јарым да саат ӧтпӧди, олор чек јоголо берди. Арткан ойноочылар јӱректери јимиреп, ӧлӱмдерин сакыйт.

Учы-учында Бий-Абакай ойынын токтодып, Алисанаҥ сурады: «Сен Бозубаш-Јербаканы кӧргӧҥ бӧ?»

«Јок. Ол кем, мен билбезим» деп, Алиса айтты.

«Канайып билбезиҥ... Анаҥ бозубаш дейтен јарма кайнадып јадыс» деп, Бий-Абакай айтты.

«Качан да кӧрбӧгӧм дӧ, керек дезе укпагам да» деп, Алиса айтты.

«Андый болзо, баралы. Ол бойы сеге ончозын айдып берер» деп, Бий-Абакай јакарган аайлу айтты.

Барып јадала, «Бис слердиҥ јаманаарды таштап јадыс!» деп, Бийдиҥ айылчыларга караай айтканын Алиса угуп ийди. *«Јакшызын!»* деп, Алиса сӱӱнди. (Баш кезипти сананала, ол сӱреен сӱрнӱккен.)

Удабай олор кӱнет јерде тереҥ уйкуга кирип калган Арсланкушты[50] кӧрӱп ийгиледи. (Слер Арсланкуштыҥ бӱдӱш-бадыжын билбес болзоор, бу јурукты кӧрӱгер.) «Тур, јалку! Бу кысты Бозубаш-Јербакага јетир. Бойы керегинде куучындап берзин. Меге кайра бурылар керек. Бир кезек немелердиҥ баштарын кессин деп јакыгам. Оны лаптап көрöр керек» деп, Бий-Абакай айтты. Ол Алисаны Арслан-кушла кожо арттырып, бойы сала берди. Арсланкуш ого јарабай да турза, је канзыркак Бий-Абакайла кожо јӱргенинеҥ артык деп сананала, Алиса токынай берди.

Арсланкуш отурала, јӱзин јыжып, Бий-Абакайды көзиле ӱйдежип салды. «Каткы, öскö не де эмес!» деп, ол Алисага ба, айса бойына ба айтты.

«*Каткы?*» Алиса алаатып сурады.

«Эйе. Баш кезиш! База нени табар! Ак-јарыкка чык-канынаҥ бери мындый неме олордо качан да болбогон. Баралы!» деп, Арсланкуш каруу берди.

«Мында ончолоры „баралы“ ла дешкилеер! Јӱрӱмимде меге кем де мынайда бийленбеген!» деп Алиса сананып, Арсланкуштыҥ кийнинеҥ такпаазынаҥ басты.

Эмеш ле базып барадала, олор ырaaктa Бозубаш-Јерба-каны көрӱп ийгиледи. Ол кайаныҥ текижине јадала, јӱреги јарылып јаткан чылап, кунукчылду ӱшкӱрет. Алиса оны акту јӱрегинеҥ карамдай берди. «Ненин учун ол мынайда кунугат?» деп, ол Арсланкуштан сурады. Ол азыйгы ла сӧстӧриле карууны јандырды: «Кунугат! База нени табар! Ондо кунугар не де јок. Баралы!»

Олор Бозубаш-Јербакага јууктап келгилеерде, ол јашла толгон јаан кӧстӧриле олорды ајыктайла, нени де айтпады.

«Бу кыс сенле болгон учуралды угарга келген. Айдып бер» деп, Арсланкуш баштады.

«Айдып та бербей» деп, Бозубаш-Јербака тунгак ÿниле јӧпсинди. «Отурыгар, куучындап божогончом, оостороорды ачпагар.»

Арсланкуш ла Алиса отура тÿштилер. Ыҥ-шыҥ боло берди. «Ол баштап болбой јадала, канай божодорго турган» деп, Алиса сананды. Је эдер неме јок—ол сакый берди.

«Бир катап мен чындаптаҥ Јербака болгом» деп, Бозубаш-Јербака тереҥ ÿшкÿрип айтты.

Ойто ло табыш јок боло берди. Јÿк ле Арсланкуш каа-јаада јӧдÿлдейт, а Бозубаш-Јербака токтобой ӧксӧйт. Алиса турала, «Јилбилÿ куучынаар учун быйан болзын, ӧрӧкӧн» деп, арай ла болзо айтпады. Је оноҥ база эмеш сакыыр деп щÿÿди.

Бозубаш-Јербака эмеш токынайла, уур тынып эрмек-тенди: «Бис кичинек болорыста талайдыҥ тÿби јаар сур-галга барып туратаныс. Ÿредÿчибис карган Јербака болгон. Бис оны Кортымаш дежетенис.»

«Ол чындаптаҥ Јербака болордо, слер оны нениҥ учун Кортымаш деп адаганаар?» деп, Алиса сурады.

«Нениҥ учун дезе, оныҥ тӧжинде јаантайын корты[51] калбандап јÿретен. Сен нени де билбес кайткан» деп, Бозубаш-Јербака ачынды.

«Андый чÿм јок немелер керегинде сураарга уйалган болзон» деп, Арсланкуш Бозубашты јӧмӧди. Олор экÿ табыштанбай, Алиса јаар кӧргÿлейт. Кӧӧркий уйалганына јердиҥ алды јаар антарыла бергедий. Карын, Арсланкуш Бозубаш јаар бурылып айтты: «Је, карганак, тÿргенде! Кере тÿжине мында отурбазын не...»

Бозубаш куучынын улатты: «Эйе, бис сургалга jӱргенис, а сургалыс талайдыҥ тӱбинде болгон. Сен бӱтпес те болорыҥ...»

«Нениҥ учун? Мен сӧс тӧ айтпадым» деп, Алиса jӧпсинбейт.

«Jок, айткан» деп, Бозубаш-Jербака албаданат.

«Удурлашпа!» деп, Арсланкуш кизиреди. Je Алиса удурлажарга сананбаган да.

«Бис кажы ла кӱн сургалга jӱрген учун, эҥ jакшы ӱредӱ алганыс» деп, Бозубаш-Jербака куучынын улалтат.

«Мен де кажы ла кӱн сургалга јӱргем. Оныҥ аҥылузы јок» деп, Алиса айтты.

«Ӱзеери кожулта эдип, сени неге-неге ӱреткен бе?» деп, Бозубаш-Јербака јӱрексиреп сурады.

«Эйе, кӱӱге ле француз тилге» деп, Алиса каруу берди.

«А јунушка?» Бозубаш-Јербака тӱрген сурады.

«Јок эмей!» деп, Алиса ачынды.

«Айдарда, сениҥ сургалыҥ тыҥ ла эмес» деп, Бозубаш-Јербака јеҥил тынып айтты. «А *бистиҥ* сургалда тоолошко мынайда кожуп бичигилейтен: „Француз тил ле кӱӱ учун тӧлӧӧри, кожулта эдип *јунуш*“.»

«Јунуш слерге не керек?» деп, Алиса сурады. «Слер талайдыҥ тӱбинде јатканаар ине.»

«Меге нени де јунарга келишпеген. Нениҥ учун дезе, менде акча јок болгон. Мен јӱк ле кыйалта јогынаҥ ӱренер предметтерге јӱргем» деп, Бозубаш-Јербака ӱшкӱрди.

«Кандый?» деп, Алиса сурады.

«Озо баштап бис јазаптыра таныктарды Чейгенис, олордоҥ сӧстӧр тургузала, кажыбыс ла Кычыганыс. Оноҥ Арифметиканыҥ компоненттериле танышканыс, олор: Коштоочы, Астамчы, Каткычы ла Ӱргӱлеечи.»

«Мен коштоочы керегинде качан да укпагам» деп, Алиса чочый-чочый айтты.

«Качан да коштоочы керегинде укпагаҥ!» деп, Арсланкуш табаштарын теҥери јаар кӧдӱрип кыйгырды! «Кожор дегени не, байла, билериҥ?»

«Билерим» деп, Алиса алаҥзып айтты. «Арифметикада не керегинде айдылганын кӧрӧлӧ… кожор.»

«Је, чын» деп, Арсланкуш айтты. «Мыныҥ ӱстине сен коштоочы дегенин билбес болзоҥ, сен јӱӱлгектиҥ бойы.»

Анаҥ ары ӧскӧ предметтер керегинде јартажар кӱӱни ӧчӧрдӧ, Алиса Бозубаш-Јербака јаар эбиреле сурады: «Слер база нени ӱренгенеер?»

«Бисте Суузындар болгон—Јебрен Грециянынъ ла Јебрен Римнинъ, Кирлӱбичиш, Баканиканынъ урогында ӧзӱмдерле танышканыс. Таныштыруны карган балбакпаш ӧткӱрген. Анайда ок ол бисти Бийелогияла, Јууланарга ӱреткен…»

«Јууланарга?» Алиса кайкап сурады.

«Мен карып калгам, оныҥ учун сеге оны кӧргӱзер аргам јок» деп, Бозубаш-Јербака каруу берди. «А Арсланкуш оныла таскадынбаган.»

«Менде ӧй јок болгон» деп, Арсланкуш чокымдады. «Мен Классикалык ӱредӱ алганыма оморкойдым.»

«Ол кандый ӱредӱ?» Алиса сурады.

«А бот мындый,» Арсланкуш каруу берди. «Мен ӱредӱчимле, краб-карганакла кожо тышкары чыгала, кере ле тӱжине *Класс Ойнойтоныс*. Ол кандый *Ӱредӱчи* болгон!»

«Классиктиҥ бойы!» Бозубаш-Јербака ӱшкӱрип айтты. «Је мен ого учурабадым… База ол Драматиканы ла Илелетураны ӱреткен деп айдыжат…»

«Онызы чып-чын» деп, Арсланкуш јӧпсинди. `Ононъ экилези јӱстерин табаштарыла бӧктӧгиледи.

«Кӱн туркунына слер канча сааттаҥ ӱренгенеер?» куучынды ӧскӧртӧргӧ, Алиса тӱрген сурады.

«Баштапкы кӱнде—он саат, эртезинде—тогус, мынайда ла арткан кӱндерде» деп, Јербака каруу берди.

«Бу кандый саҥ башка кӱнтизӱ!» деп, Алиса кыйгыра салды. «Андый болордо, слер јакшы билгир алганаар ба?» деп, учында сурады.

«Ол бистеҥ камаанду болгон. Бис оны алала, ол ло тарый тӱгезип салатаныс» деп, Бозубаш-Јербака каруу берди.

«Алала тӱгезип?» Алиса кайкады.

«Эйе. Оны јартап јадым. Сургалда „Билгир *алдаар ба?*“ деп суражат. Бис ӱредӱчининъ санаазын *аладыс*… Ончозын *алала*, бойына нени де арттырбай, ол ло тарый тӱгезип саладыс. Ононъ улам „Санаа *алынган*“ деп айдыжат. Аайладыҥ ба?» деп, Арсланкуш сурады.

Бу укканы Алисага сӱреен солун болгон. Оныҥ учун ол эмеш сананала, ойто ло сурады:

«Андый болгондо, он биринчи кӱнде слер амыраганаар ба?»

«Эйе, ол амыраар кӱн болгон» деп, Бозубаш-Јербака каруу берди.

«Он экинчи кӱде нени эткенеер?» капшай ла билерге, Алиса соныркайт.

«Сургал керегинде болор эмес пе» деп, Арсланкуш кизиреди. «Оныҥ ордына ого бистиҥ ойыныс керегинде куучындап берзеҥ…»

Талайдыҥ Кадриль Биҗези

Бозубаш-Јербака тереҥ ӱшкӱреле, көзин арчыды. Ол Алиса јаар көрөлö, нени де айдып болбой, ыйына тумалана берди. «Кеҗирине сööк кадала бергендий» деп, Арсланкуш бир эмеш сакыйла айтты. Оноҥ Бозубашты силкип, белине сого берди. Оноҥ улам ба, кандый, је Бозубаш-Јербаканыҥ ӱни чыгып, ыйлаганча айтты:—

«Сен, байла, талай тӱбинде узакка јатпагаҥ...» («Јатпагам» деп, Алиса бӱдӱмјиледи.) «...Байла, качан да тирӱ омар көрбögöҥ...» «Је мен оны ји...» деп айдып ла јадала, Алиса токтодынып, «Јок, мен оны көрбögöм» дейле, бажын јайкады.) «...Айдарда, сен билерде билбезиҥ, канайда талайдыҥ кадрилин омарларла кожо биҗелеп јат.»

«Јок, билбезим» дейле, Алиса ӱшкӱрди. «А ол кандый биҗе?»

«Эҥ ле озо талайдыҥ јарадына ончолоры бир рядка туруп алар учурлу...» деп, Арсланкуш айдып баштады.

«Эки рядка!» деп, Бозубаш-Јербака кыйгырды. «Тюлень-дер, кызыл балыктар, талайдыҥ јербакалары, ононҥ до öсколöри. Ононҥ јаратты медузалардаҥ арчыйла...»

«Ол јеҥил керек эмес» деп, Арсланкуш кошты.

«Озо баштап эки алтам ичкери базарыҥ...»

«Омарды колынаҥ тудала!» деп, Арсланкуш кыйгырды.

«Эйе» деп, Бозубаш-Јербака јöптöди. «Эки катап öткÿштиҥ ортозыла öдöлö, ичкери эки алтам алтап, партнёрго эбирер...»

«...омарларла солыжала, ол ло аайыла кайра барараар» деп, Арсланкуш куучынды тÿгести.

«Ононҥ, мергедеериҥ...» деп, Бозубаш-Јербака улалтты.

«Омарларды!» деп, Арсланкуш секирип кыйгырды.

«...талайден, ырада...»

«Олордыҥ кийнинеҥ эжинериҥ!» деп, Арсланкуш сÿÿнчилÿ алгырды.

«Талайда бир катап аҥданала!» деп, Бозубаш-Јербака кыйгырала, јараттыҥ кумагында, кöлöсö чилеп, тоголонып ийди.

«Ойто ло омарды солыйла!» деп, Арсланкуш бар-јок ÿниле алгырды.

«Ононҥ јаратка бурыларыҥ! Бот, биҗе мыныла божойт» деп, Бозубаш кунукчылду айтты. Бу јаҥы ла санаалары чыкканча кумакта кутустанып јÿгÿрген эки најы эмди кунугып, Алиса јаар эрикчелдÿ кöрÿп отургылады.

«Бу сÿреен јараш биҗе болгодый» деп, Алиса олордыҥ кÿÿнин кöдÿрерге темдектеди.

«Кöрöр кÿÿниҥ бар ба?» деп, Бозубаш-Јербака сурады.

«Эйе» деп, Алиса айтты.

«Тур,» Бозубаш-Јербака Арсланкушка јакарды. «Омарлар јок то болзо, алдырбас, кöргÿзели... Кем кожондоор?»

«*Сен* кожондо» деп, Арсланкуш айтты. «Мен сöстöрин ундып салгам.»

Олор кеберлерин улуркада тартынып, Алисаны айлана бийелей бергиледи. Кезик аразында Алисага јууктагылап, улам сайын буттарына базып, күүге келиштире алын табаштарыла јаҥып тургулайт. Бозубаш-Јербака кунукчылду кожоҥын кожоҥдой берди:—

«Кабык-куртка чортон айтты: „Сен јылзаҥ түрген,
  нӧкӧр!
Кийнимде дельфин јүзет—куйругыма, калак, баскай.
Крабтар, јербакалар кӧнү учат талайга.
Јаратта бүгүн байрам, бийеге чыгарыҥ ба?

Кӱӱниҥ бар ба, арғаҥ бар ба,
Арғаҥ бар ба,кӱӱниҥ бар ба бијеге сен чыгарга?

Чортон болуп јӱрерге, кандый јакшы, макалу,
Бисти чачса талайга толку биске тузалу."
„Ыраакка бисти агызар" кабык-курттар комыдайт.
Эбире элбек талайды јакшы-јаман айткылайт.
„Кӱӱнзебейдим, болалбазым, кӱӱнзебейдим бијени.
Кӱӱнзебейдим, болалбазым слерле кожо бијени!"

„Ыраак дегени не болор?" каруу берди чортон.
„Англиянаҥ не ыраак, анда Франция јуугында.
Бу јараттаҥ ыраакта база ыраак јарат бар,
Санааркаба, кабык-курт, бијеге бис чыгаалы,
Кӱӱниҥ бар ба, арғаҥ бар ба,
Арғаҥ бар ба, кӱӱниҥ бар ба бијеге сен чыгарга?"»

«Јаан быйан,» бије тӱгенгенине сӱӱнип, Алиса айтты. «Көрöргö јилбилӱ болгон. Чортон керегинде кожоҥ меге сӱреен јараган! Андый каткымчылу...»

«Чындап, Чортонды сен көргöн бö?» деп, Бозубаш-Јербака сурады.

«Эйе. Ол кезикте бистиҥ айылда тепшиде јадатан» деп, Алиса айтты.

Ол коркыганына унчукпай барды, је Бозубаш-Јербака оны керекке де албай айтты: «Мыныла нени айдарга турганынды билбезим. Је ол слерге айылдап турган болзо, оныҥ бӱдӱш-бадыжын билериҥ...»

«Эйе, билер ошкожым. Куйругы оосто, бастыра бойы сукайрыда» деп, Алиса каруу берди.

«Сукайры јанынаҥ сен јастырып јадыҥ,» Бозубаш-Јербака јöпсинбеди. «Сукайры сууда јунулып калар эди... А куйругы оныҥ, чын да, оосто. Керек неде дезе...» Бу ла öйдö Бозубаш-Јербака оозын јаан ачып эстейле, көстöрин јумды.

«Куйрук керегинде ого јартап бер» деп, ол Арсланкушка айтты.

«Керек неде дезе, ол чыккан-öскöн суузынаҥ чыгала, талайда јадып турган омарларга айылдап, олорло бије-леерин *сÿреен* сÿÿйт. Олор оны талай дööн мергедегенде, ол ыраак-ыраак учат. Ононҥ улам куйруты оосто сÿреен бек бадалып калат, чыгарып та болбозыҥ.»

«Быйан. Сÿреен јилбилÿ. Мен Чортоннын мындый аҥылузын билбегем» деп, Алиса айтты.

«Керексип турган болзоҥ, мен сеге Чортон керегинде кöпти айдып берерим! Оны ненин учун Чортон деп адап турган, билериҥ бе?» деп, Арсланкуш сурады.

«Мен ол керегинде качан да сананбагам. Ненин учун?» деп, Алиса сурады.

«Кöп чоркоҥдоп јат» деп, Арсланкуш тынзынып айтты.

«Кöп чоркоҥдоп јат?» Алиса кайкап сурады.

«Эйе. Ол бойы тыҥ ла балык эмес, анаҥ туза да јок, је чоркоҥдоп тиштеер болзо!»

Алиса нени де айтпай, кöстöрин тозырайтып, Арслан-кушты ајыктайт.

«Чоркырап куучындаарга сÿÿр. „Чор-чор“ ло этсе, кулагыҥ тунар. Бойы ла ошкош нöкöрлöр јууп алган. Ого јаантайын карганак Чодрак[52] айылдаар. Эртен туранаҥ ала тÿнге јетире чотонор. Анаҥ Азыбаш[53] јÿгÿрип ле келеле, „Баш болзын! Баш болзын, канай јÿрер?“ деп комыдаар. База Корты келер. Кортыгы сÿреен… Јуулышканда, андый табыш чыгарар, бажыҥ айланар. Сыланы[54] билериҥ бе?» деп, Арсланкуш учында сурады. Алиса кекип ийди.

«Олор оны канай кинчектеген, билген болзоҥ! Эмди нени ле кöрзö, неге ле учураза, сылт эдип качар…»

«„Сыла чылап, сылт эдер“ деп, оныҥ учун айдыжып јат па?» деп, Алиса коркып сурады.

«Эйе, оныҥ учун» деп, Арсланкуш јöпсинди.

Бу ла ӧйдӧ Бозубаш-Јербака кӧстӧрин ачып айтты: «Је ол керегинде болор. Эмди сен бойыҥла болгон учуралдар керегинде куучындап бер.»

«Эртен туранаҥ бери мениле не болгонын мен слерге јилбиркеп куучындаарым. А кечегизи керегинде айтпазым, не дезе, мен кече чек башка болгом» деп, Алиса аланзып айтты.

«Јарта» деп, Бозубаш-Јербака јартына чыгарга албаданат.

«Јок, озо баштап јилбилӱ учуралдар керегинде куучындазын. Јартаарга сӱреен узак,» Арсланкуш чыдашпай, куучынды кезе сокты.

Ак Кроликти кӧргӧн туштаҥ ала оныла не болгонын Алиса куучындап баштады. Качан Арсланкуш ла Бозубаш-Јербака кӧстӧрин ле оосторын јаан ачкылап, ого коштой јуук отургылап аларда, Алиса баштап тарый сӱреен эҥјоксынган, је оноҥ ӱрениже берген. Ол Кӧк Карыштакка туштаарда, канайда ол ого *Вильям адаҥы* кычырткан тушка јеткенче, Арсланкуш ла Бозубаш-Јербака унчукпай отурган. Оноҥ Бозубаш-Јербака тереҥ ӱшкӱреле айтты: «Саҥ башка эмтир!»

«Анаҥ ары кайкаар неме јок!» деп, Арсланкуш оны јӧмӧди.

«Ӱзе ӧскӧ сӧстӧр. Ол биске нени-нени кычырган болзо, талдама болор эди. Баштазын деп айт» дейле, Бозубаш-Јербака та нени де санана берди. Арсланкуш Алисага јакарар арга-чыдалду чылап, Бозубаш-Јербака ол јаар кӧрди.

«Турала, „*Бу јалкуныҥ ӱни*“ деп ӱлгерди кычыр» деп, Арсланкуш Алисага јакарды.

«Мында јакарып ла билгилейтен болтыр. Мен сургалда чылап, кычыр ла дешкилеер» деп, Алиса сананат. Андый да болзо, ол уккур турала, кычырып баштады. Је ол јӱк омарлар ла талайдыҥ кадриль биҗези керегинде сананып,

нени айдып турганын чек аайлабайт. Сӧстӧр чындаптаҥ
саҥ башка учур алынат.

«Бу Омардыҥ ӱни. Кыйгыны угадаар ба?
„Ылбырада кайнаттаар, кайда паригим?“
Тумчугыла тӱзедет жилет ле бантын,
Бут бажыла базат, кӧр јараш базыдын.

Ээн јаратта тымык болгондо,
Јалтанбас болуп мактаныл ла тӱрар.
Ыраакта талайда акула кӧрӱнзе,
Кумакка кӧмӱлип, кыйгырар „Болушсаар!“»

«Мен бала тужымда сургалда кычырганыма чек түҥей эмес» деп, Арсланкуш айтты.

«Мен качан да бу сöстöрди укпагам. Је, чынын айтса, бу куру кей!» деп, Бозубаш-Јербака айтты.

Алиса нени де айтпады, кумакка отура тӱжеле, колдорыла јӱзин бöктöди; ол алдындагы јӱрӱмине бурыларына бир де иженбейт.

«Бу ӱлгерди јартап берген болзоҥ» деп, Бозубаш-Јербака айтты.

«Ол нени де јартап болбойт» деп, Арсланкуш мендештӱ айтты. Оноҥ Алиса јаар бурылала кошты: «Анаҥ ары кычыр!»

«Нениҥ учун ол будыныҥ бажыла базып јат?» деп, Бозубаш-Јербака сурады. «Оны да болзо, јарта.»

«Бијелегенде, анайда туруп јат» деп, Алиса айтты. Ол бойы да нени де аайлабайт; ол керегинде куучындаар да кӱӱни јок.

«„Араайын аркала барып мен јаткам…“ деп ӱлгерди анаҥ ары кычырзаҥ!» деп, Арсланкуш оны тӱргендедет.

Ойто ло келишпес болор деп јалтанып та турза, Алиса сöстöҥ чыкпай, тыркырууш ӱниле кычырды:—

«Араайын аркала барып мен јаткам,
Чöйбöрӱ ле Ӱкӱ öтпöк блаашкан.
Чöйбöрӱ калашты бӱдӱҥге ажырды,
Куру айакты Ӱкӱге арттырды.

Оноҥ айтты: Ӱлешти токтодоок,
Сеге—калбак, меге—сере ле бычак.
Тойгон Чöйбöрӱ чöйö улуды,
Ээчиде тамзыктап ажырды……»

«Сен түҥей ле нени де јартап болбозыҥ, оны кычырып кайдатан. Мындый учуры јок куру кейге мен качан да туштабагам!» деп, Бозубаш-Јербака унчукты.

«Чын, болор» деп, Арсланкуш айдарда, Алиса сӱреен тыҥ сӱӱнди.

«Бис база катап бијелеп ийели бе? Айса Бозубаш-Јербака сеге кожондоп берзин бе?» деп, Арсланкуш албаданат.

«Аргалу болзоор, кожон» деп, Алиса кӧдӱриҥилӱ айдарда, Арсланкуш јӱк ийиндерин кымыды. «Кемге не јарайт, оны ла эдет. Је, карганак, „Эҥирдиҥ Курсагын“ ого кожондоп бер» деп, ол эмеш јарбынып айтты.

Бозубаш-Јербака тереҥ тынала, ыйламзырап кожондоды:—

«*Эҥирги Курсак, сӱӱген талай Јармазы,*
Мызылдайдыҥ чек теҥери јылдызы!
Амзабай оны оҥдоп болбозыҥ,
Эҥирдиҥ тамзык тату Курсагын!
Эҥирдиҥ тамзык тату Курсагын!
  Тамзыы—ыык Курса—ак!
  Тамзыы—ыык Курса—ак!
Эҥиргии—ии Курсаа—аак,
  Тамзык, тамзык Курсак!

Эҥирги Курсак! Мойножып болбозыҥ,
Семганы сурааарыҥ, тресканы некеериҥ.
Кӱӱниҥди јандырбазыс, кыйышпазыс,
Тамзык тату Курсакты тегинге сеге берерис!
Тегинге сеге берерис тамзык, тату Курсакты!
  Тамзыы—ыык Курса—ак!
  Тамзыы—ыык Курса—ак!
Эҥиргии—ии Курсаа—аак,
  Тамзык, там—ЗЫК КУРСАК!»

«Кош кожоҥын такып кожондо» деп, Арсланкуш айтты. Бозубаш-Јербака оозын ачарга ла јадарда, ыраактаҥ «Јаргы болуп јат!» деген сӧстӧр угулды.

«Баралы!» деп айдала, Арсланкуш кожоҥды да јетире укпай, Алисаны јединип јӱгӱрди.

«А кемди јаргылап јат?» деп, Алиса тынастап сурады. Је Арсланкуш јӱк ле «Баралы! Баралы!» деп, такып-такып айдып, базыдын тӱргендедет. Там ла там арайлап јаткан кунукчыл ӱн талайдыҥ эҥирги эзиниле биригип, олордыҥ кийнинде угулат:—

«Эҥиргии—ии Курсаа—аак,
   Тамзык, тамзык Курсак!»

Крендельдерди Кем Уурдаган?

Ҟајыл Бий ле Бий-Абакай ширееде отургылады. Олорды айландыра арткан кӧзӧрлӧр лӧ ал-камык анг-куштар чогулып кысталыжат. Ширее алдында, эки јуучылдын ортозында, кынјыладып салган Валет турды. Ак Кролик бир колында—күүлик труба, экинчизинде узада тулкулап салган пергамент[55] тудунып, Бийдин јанында ийиктелет. Ортозында—стол, анда крендельдерлӱ јаан тепши турды. Оны кӧрӧлӧ, Алисанын чилекейи арай болзо шуурай бербеди. «Јаргы капшай ӧдӧлӧ, кӱндӱлеш башталган болзо» деп, Алиса сананат. Је онын ижемјизи калас болорын онгдоп, ӧйди ӧткӱрерге, ол ары-бери ајыктайт.

Мынан озо Алиса качан да јаргыда болбогон, је ол керегинде бичиктерден кычырган. Онын учун јаргынын ӧдӱжин аайлап турганына ол ичинде сӱӱнет. «Туку јаргычы! Париктӱ ле болзо—јаргычы» деп, ол бойына айтты.

Чындап, Бий бойы јаргычы болтыр. Ол короназын париктин ӱстине кийип алганына эптешпей турды. (Канайда кийгенин билерге турган болзогор, фронтисписти[56] кӧрӱгер). Оны тууразынаҥ да кӧрӧргӧ эпјок болгон.

«Бу јерлер присяжныйлардыҥ. А бу он эки тынду шак ла олор» деп, Алиса сананды. «Присяжныйлар» деп сӧсти ол эки-ӱч катап бойында айтты. Бу кӱч сӧсти билер болгоныに Алиса сӱреен оморкогон; оныҥ кубарлаштарыныҥ ортозында бу сӧстиҥ учурын аайлаар кысчактар ас деп, ол сананды. (Мында ол бир де јастырбаган.) Анайда ок олорды «присяжный заседательдер» деп айтса, база јастыра болбос.

Ол анайда адалган он эки тынду грифель доscolордо та нени де тӱрген бичигилейт. «Олор нени бичигилейт? Јаргы башталбаган ине…» деп, Алиса Арсланкушка шымыранды.

«Олор бойлорыныҥ аттарын бичигилейт. Јаргыныҥ учына јетире ундып салбаска» деп, Арсланкуш шымыранды.

«Бот јӱӱлгектер!» деп, Алиса чугулданала, унчукпай барды, не дезе, бу ла ӧйдӧ Ак Кролик кыйгырды: «Јаргы ӧдӱп јаткан јерде табыштанбагар!» А Бий шил кӧзин кийеле, ары-бери ајыктанды: байла, кем табыштанган деп билерге. Алиса унчукпай барды.

Оныҥ турган јеринеҥ айландыра не болуп турганы јап-јарт кӧрӱнет. Присяжныйлар ол ло тарый «Бот јӱӱлгектер!» деп, оныҥ айтканын бичигиледи. Олордыҥ бирӱзи «јӱӱлгектер» деп сӧсти бичип болбой, коштойында отурганынаҥ болуш сураганын да кӧрӱп ийди. «Јаргыныҥ учына јетире олордыҥ бичигендерин бодоштыра билерим!» деп, Алиса сананат.

Бир присяжныйдыҥ грифели ӱзеери ле кыјырайт. Оны угарга, Алисаныҥ чыдалы јетпеди: ол барала, оныҥ кийнине туруп алды; онон кенеркедип турала, грифельди ушта сокты. Алиса сӱреен капшуун болгон учун, кӧӧркий присяжный (ол Келескен Билль болгон) нени де аайлабай калды. Ол грифелин таппай салала, сабарыла бичиир деп шӱӱди. Анаҥ кандый да туза болбоды, нениҥ учун дезе, сабар доскодо кандый да ис арттырбайт.

«Jарчы, бурулашты кычыр!» деп, Бий jакыды.

Ак Кролик трубаны ÿч катап *коолодо* ÿреле, тулкулап салган пергаментти jайа тартып кычырды:—

«Кааҥ, jараш jайдыҥ кÿнинде
Каjыл Абакай крендельдер быжырды.
Каjыл Валет учы-тÿбинде
Jети крендельди уурдап апарды.»

«Кажыгар ла чыгаратан jöпти jазап санангар!» деп, Бий присяжныйларга айтты.

«Jок, jок, эмеш эрте. Ээжилерди буспаска албаданар керек» деп, Кролик оныҥ куучынын ÿсти.

«Баштапкы керечини алдырыгар!» деп, Бий jакарды. Ак Кролик трубаны ÿч катап коолодоло кыйгырды: «Баштапкы керечи!»

Баштапкы керечи Шляпник болды. Ол бир колында бутерброд тудунган, экинчизинде чайлу айак тудунып, ширееге јууктап келди. «Мен бери айакту келген учун, јаманымды таштагар, Улу Бий!» деп, ол баштады. «Элчи келерде, мен чай ичип отурган болгом. Ичерге јеткеле-гимде…»

«Ичип те ийер эдиҥ. Сен качан ичип баштагаҥ?» деп, Бий сурады.

Уйкучыны колтыктайла, оныҥ кийнинеҥ келип јаткан Тулаанай Койон јаар Шляпник кӧрӧлӧ айтты: «Тулаан айдыҥ он тӧртинчи кӱнинеҥ ары *ошкош*.»

«Он бежинчи кӱнинеҥ ары» деп, Тулаанай Койон тӱзетти.

«Он алтынчызынаҥ ары» деп, Уйкучы кимиректенди.

«Бичигер!» деп, Бий присяжныйларга јакыырда, олор досколорына бу ӱч кӱнди тӱрген бичийле, оноҥ кожыш-тырып ийгиледи. Болгонын шиллингтерге[57] ле пенстерге[58] кӧчӱргиледи.

«Шляпанды ушты» деп, Бий Шляпникке айтты.

«Ол мениҥ эмес» деп, Шляпник каруу берди.

«*Уурдаган!*» деп, Бий кыйгырала, присяжныйлар јаар бурылды. Олор тургуза ла бу учуралды бичип салгылады.

«Мениҥ бойымда шляпалар јок, олорды јӱк садып јадым. Мен—Шляпалар Кӧктӧйтӧн Ус» деп, Шляпник јартады.

Бий-Абакай тургуза ла шил кӧзин кийеле, Шляпниктиҥ кӧзине чике кӧрди. Онызы куп-куу бололо, буттарыла тепсене берди.

«Тыркырабай, кӧргӧниҥди айт, оноҥ ӧскӧ мында ла божодып салзын деп јакарарым» деп, Бий оны коркытты.

Кекениш Шляпникти сергитпеди: ол Бий-Абакай јаар чочыдулу кӧрӱп, тепсенип, маҥзаарганына бутербродтыҥ ордына айактыҥ эрдин сындыра тиштеди.

Бу ӧйдӧ оныла та не де болуп турганын Алиса сести. Кӧрӧр болзо, ол ойто ло ӧзӱп турган эмтир! Ол јаргынын кыбынаҥ чыгарга сананды, је оноҥ токтоп, јер ого јеткенче, отурар деп щӱӱди.

«Сен ийдинбеген болзоҥ» деп, коштойында отурган Уйкучы айтты. «Мен јӱк арайдаҥ тынадым.»

«Канайтсам да, келишпейт. Мен ӧзӱп јадым» деп, Алиса бурулу айтты.

«Мында ӧзӧр учурыҥ јок» деп, Уйкучы темдектеди.

«Слер де ӧзӱп јадаар» деп, Алиса кезем айтты.

«Је мен, кезиктери чилеп, тӱрген ӧспӧйдим» деп, Уйкучы јӧпсинбеди. «Сени кӧрӧргӧ дӧ каткымчылу!» Ол тура јӱтӱреле, ӧӧркӧгӧнин кӧргӱзерге, туура басты.

Бий-Абакай ол ло бойынча Шляпникти кӧстӧгӧпчӧ болды. Уйкучы отурарга јеткелекте, Бий-Абакай кабактарын јуурып јакарды: «Калганчы концертте кем кожондогон, олордыҥ ӧбӧкӧлӧрин бичигер!» Шляпник мыны угала, эки ӧдӱги уштулып чачылганча тыркырады.

«Кӧргӧниҥди айт. Айтпазаҥ, мында ла божодып салзын деп јакарарым. Сениҥ тыркыражыҥ меге не де эмес!» деп, Бий калјуурды.

«Мен јабыс, јокту кижи. Чайды јетире ичкелегимде… оноҥ бери јӱк ле бир неделе ӧткӧн… сарјулу калажым јокко јуук… а мен теҥериде ӱкӱни сананадым, оныҥ тумчугы кӱрчек ошкош…» деп, Шляпник тыркырап айтты.

«*Не* керегинде?» Бий сурады.

«Кӱрчек… теҥериде…»

«Чек кӱр—ол бир, теҥериде—башка! Сен мени јӱӱлгек деп пе? Анаҥ ары айт!» деп, Бий кизиреди.

«Мен јабыс, јокту кижи» деп, Шляпник база ла айтты. «Оныҥ ла кийнинде кӧстӧрим алдынча ончо неме јыпылдажып… оноҥ кенетийин Тулаанай Койон айткан…»

«Нени де мен айтпагам» деп, Тулаанай Койон ӱзе сокты.

«Айткан!» деп, Шляпник албаданат.

«Ӱзе тӧгӱн» деп, Тулаанай Койон мойношты.

«Тӧгӱн болзо, тӧгӱн. Протоколго бичибегер!» деп, Бий айтты.

«Айса Уйкучы айткан» дейле, Шляпник Уйкучы јаар чочыдулу кӧрди. Уйкучы мойношподы, ол тереҥ уйкуда болгон.

«Ононг мен база калаш кезип алала, оны сарјулап алгам...»

«Је Уйкучы нени айткан?» деп, присяжныйлардыҥ кемизи де сурады.

«Санаама кирбейт» деп, Шляпник айтты.

«Эске аларга албадан. Ононг ӧскӧ божодып салзын деп јакарарым» деп, Бий ойто ло кезетти.

Кӧӧркий Шляпник бутербродын ла айагын ычкынала, тизе бажына отура берди. «Мен јокту кижи, улу Бий...» деп, Шляпник айдынып баштады.

«Чын да, сен јараш сӧстӧрлӧ кемди де кайкатпадыҥ. Эрмек-куучыныҥ *јокту болтыр*» деп, Бий айтты.

Ол ло тарый колчабыжу угулды. Кӧргӧжин, ол талайдыҥ бир чочкочогы болтыр. Кӧӧркий ол ло тарый *туй базылган*. (Бу уур сӧсти мен сеге јартап берейин. Болушчылар јаан таарга чочкочокты бажыла саҥ тӧмӧн эттире сугала, таардыҥ оозын буулап, ӱстине отурып алган.)

«Мыны кӧргӧниме сӱреен сӱӱнип јадым. Газеттерде бичигилеер: „Удурлажуга умзаныш туй базылган...“ Эмди мен билерим, ол не дегени!» деп, Алиса сананды.

«Ончозын айдып салган болзоҥ, мойныҥ кескелегимде, санаам кубулгалакта, јӱгӱр мынаҥ ары» деп, Бий кизиреди.

«Мен jÿгÿрип болбозым, мен тизе бажында ине» деп, Шляпник айтты.

«Айдарда, *jылатан турун*» деп, Бий каруу берди.

Мыны угала, экинчи чочкочок колын чабынды. Кööркий база ла туй бастырды.

«Je бот, чочкочоктор колдон чыккан. Мынан ары керектер jаранар болбой» деп, Алиса сананды.

«Мен барала, чайымды jетире ичетем» деп Шляпник айдала, кожончылардын öбöкöлöрин кычырып отурган Бий-Абакай jаар кортык кöстöриле кöрди.

«Сен jайым» деп Бий айдарда, Шляпник öдÿктерин де кийбей, jаргынын кыбынан чыгара jÿгÿрди.

«...тышкартына бажын кезип салыгар» деп, Бий-Абакай колтыкчызы jаар кöрÿп айтты. Je Шляпниктин ырызы тартып, ырада jÿгÿре берген.

«Керечини бери кычырыгар» деп, Бий jакарды.

Ол jаргынын кыбына киргелекте, эжикте отургандар— ончозы jаба чичкире берген. Олорды кöрÿп, керечи кем болорын Алиса сезип ийди. Кöргöжин, керечи Герцогиня- нын казанчызы болды. Ол мырчту айак тудунганча келди.

«Кöргöниҥди капшай айт!» деп, Бий айтты.

«Айтпазым» деп, казанчы кедерледи.

Бий чöкöгöндÿ Ак Кролик јаар кöрди. «Айтпаска турган болзо, слерге, Улу Бий, карчый-терчий[59] шылу öткÿрер керек» деп, Кролик шымыранды.

«Је карчый-терчий болзо, карчый-терчий болгой» дейле, Бий ÿшкÿрди. Ол колдорын тöжине карчый салала, кабактарын јуурып, кылчайып кöрöрдö, Алиса коркый берди. Эмеш унчукпай турала, Бий сурады: «Крендельдерди нениҥ эдип јат?»

«Кöп лö сабазында мырчтаҥ» деп, казанчы каруу јандырды.

«Кисельдеҥ» деп, уйкузыраган ÿн кийин јанынаҥ угулды.

«Ол Уйкучыны туткар! Бажын кезе чабыгар! Јиткелегер! Балбара базыгар! Чымчыгар! Сагалдарын кезигер!» деп, Бий-Абакай алгырды.

Ончолоры Уйкучыны кап аларга, ÿкÿс эттилер. Аайы-бажы јок шакпыражала, ойто токынап, јерлерине отурып кöргöжин, казанчыныҥ јыды да јок.

«Сÿрекей јакшы! Экинчи керечини кычырыгар!» деп, Бий јеҥил тынып айтты. Онон Бий-Абакай јаар бурылала араай кошты: «Эмди, эркежим, сен карчый-терчий шылайтан туруҥ. Мениҥ бажым оорып јат.»

Ак Кролик чаазындарын шылырада берди. «Эмди олор кемди кычыргай не. Олордо керелеер[60] кандый да темдек јок» деп, Алиса сананды. Качан Ак Кролик öткÿн чичке ÿниле «Алиса!» деп кыйгырарда, Алисаныҥ алаҥ кайкаганын слер билген болзогор!

Алиса Јаргыда Айдынат

«Мында!» деп, Алиса маҥзаарып кыйгырды. Ол бу јаҥы-јаҥы ла öзö бергенин де ундып, отурган јеринеҥ тÿрген тура јÿтÿреле, јикпезиниҥ эдегиле присяжныйлар отурган узун отургышты табарды. Отургыш антарыларда, присяжныйлар публиканыҥ чике ÿстине тоолоныжа берген. Олор айландыра, алтын балыктар чылап, арга-чак јок јаткылады. Алиса олорды кöрöлö, бир канча кÿн кайра билбес аразынаҥ аквариум антарганын эске алды. Оныҥ балыктары база мынайда ла јерде јаткан.

«Јаманымды таштагар!» деп, Алиса ачуурканып айдала, тÿрген-тÿкей присяжныйларды јууп баштады; аквариумла болгон учурал оныҥ бажынаҥ чек чыкпайт. Присяжныйларды тÿрген јуубаза, онон ойто јерлерине отургыспаза, олор öлö берер деп, Алисага билдирген.

«Присяжныйлар ончозы јерлерине бурылза, јаргы ижин онон ары улалтар. Мен такып айдадым: *бажынаҥ ала учына јетире!*» Бий сӧстӧрди бӧлип, Алисанаҥ кӧзин албай, кату айтты.

Алиса присяжныйлар јаар кӧрӧлӧ, Билль Келескенди (бачымдайла) буттарыла ӧрӧ отургызып салганын ајарды; ол кӧӧркий аҥтарылып болбой, куйругыла кунукчылду јаҥыйт. Алиса оны тӱрген тудала, јазаптыра отургызып салды. «Бого ајаруны не эдер. Бажыла тӧмӧн дӧ, ӧрӧ дӧ болгоны јаргыда *кандый да* туза экелбес» деп, ол бойында сананды.

Присяжныйлар билиҥгилеп келеле, јер-башка чачылган грифельдерин ле досколорын колдорына алып, бу болгон учурал керегинде бичигилей берген. Јаҥыс ла Билль кыймык jогынаҥ отурала, оозын jаанада ачып, теҥерини аjыктайт. Ол, байла, эмдиге jетире алаатыганча.

«Бу керек jанынаҥ сен нени билериҥ?» деп, Бий Алисанаҥ сурады.

«Нени де эмес» деп, Алиса каруу берди.

«*Чек нени де эмес пе?*» деп, Бий албаданат.

«Эйе, нени де эмес» деп, Алиса чокымдады.

«Бу байлу керек» деп, Бий присяжныйлар jаар бурылып jарлады. Олор ол ло тарый бичий бергиледи. «Улу Бий анда бай *jок* деп айдарга сананган» деп, Ак Кролик тоомjылу айдала, Бий jаар соок кӧрӱп, чырай-бӱдӱжин ӱреп, коркышту этире чырчыйтат.

«Эйе, мен шак ла анайда айдарга санангам. Бай *jок*! Бай jок эмей база!» деп, Бий айтты. Оноҥ кажызы jакшы угулар деп турган чылап, «Байлу—бай jок—бай jок—байлу» деп, кимиректене берди.

Кезик присяжныйлар «байлу» деп бичигиледи, кезиги— «бай jок» деп. Алиса сӱреен jуук турган учун, ончозын jап-jарт кӧргӧн. Сананып турала, бойына айтты: «Оныҥ баш-казы jок.»

Шак бу ла ӧйдӧ Бий та нени де тӱрген бичип турала, «Арай!» деп кыйгырды. Оноҥ бичиги jаар кӧрӧлӧ кычырды: «„Тӧртӧн экинчи ээжи. *Кемниҥ сыны бир мильдеҥ узун, ол тургуза ла мынаҥ чыгып барзын*“.»

Ончолоры Алисаны аjыктай бердилер.

«Мен мильдеҥ *кыска*» деп, Алиса ачынды.

«Jок, узун» деп, Бий jӧпсинбеди.

«Сениҥ сыныҥ эки мильдеҥ ас эмес» деп, Бий-Абакай jӧмӧди.

«Мен кайдӧӧн дӧ барбазым» деп, Алиса мойношты. «Бу чын ээжи эмес. Слер оны jаҥы ла сананып тапканаар.»

«Бичикте бу эҥ эски ээжи» деп, Бий ойто ло jӧпсинбеди.

«Эски болгон болзо, ол баштапкы jерде турар эди!» деп, Алиса айтты.

Бий куп-куу бололо, бичикти тӱрген јабып ийди. «Јӧпти чыгарала, учурын јазап санангар» деп, ол присяжныйларга тыркырууш ӱниле араай айтты.

Ак Кролик отурган јеринеҥ тӱрген тура јӱтӱрди. «Улу Бий, слер јаратсаар, керелеер темдектер барын айдарга турум. Јаҥы ла бир документ табылган» деп, ол айтты.

«Анда не бар?» деп, Бий-Абакай сурады.

«Мен оны эм тура кычырбагам, је сананзам, ол бурулаткан кӧӧркийдиҥ... кемге де... самаразы» деп, Ак Кролик каруу јандырды.

«Кемге де эмей база. Кемге де эмес самараны ол бичибес. Андый неме болбой јат» деп, Бий айтты.

«Оны кемге бичиген эмтир?» деп, присяжныйлардыҥ бирӱзи сурады.

«Кемге де эмес. *Јӱс јанында* не де бичилбеген. Бу самара да эмес, ӱлгер турбай» деп, Ак Кролик самараны чыгарып айтты.

«Оныҥ бичижиниҥ аҥылузына аҗару салар керек» деп, экинчи присяжный темдектеди.

«Эҥ ле серемјилӱзи ол» деп, Ак Кролик кошты. (Присяжныйлар алаатый бергиледи.)

«Айдарда, кемниҥ де бичижине ӧткӧнгӧн» деп, Бий айтты. (Присяжныйлардыҥ чырайлары јарый берген.)

«Улу Бий, слердиҥ јаратканаарла айдадым: мен ол самараны бичибегем. Олор оныҥ чынын керелеп болбос. Анда кем де кол салбаган» деп, Валет айтты.

«Онызы коомой. Айдарда, сен кандый да каралу керек *сананып алган*. Ак санаалу болгон болзоҥ, колыҥды салар эдиҥ» деп, Бий айтты.

Айландыра колчабыжу угулды, нениҥ учун дезе, кӱн туркунына Бий баштапкы катап керсӱ щӱӱлте айткан.

«Бурузы *кереленген!* Кезигер оныҥ бажын» деп, Бий-Абакай айтты.

«Бодоп айтпагар! Слер билбезеер ӱлгер не керегинде» деп, Алиса јӧпсинбеди.

«Кычыр» деп, Бий Кроликке јакарды.

Кролик шил кӧзин кийеле сурады: «Ненеҥ баштайын, Улу Бий?»

«Бажынаҥ баштайла, учына јетире кычыр. Учына јетсеҥ ле, токтот!» деп, Бий улуркап айтты.

Ыҥ-шыҥ боло берди. Бот, Ак Кроликтиҥ кычырганы бу.

«Билерим, оныла куучындашкаҥ,
Мынызын да куучынга алдырган.
„Сӱреен эрке" деп, ол айткан,
„Је эжиништеҥ кыйышкан."

Анда јӱрген онызы, мынызы,
Ак-јарыкта оны билер ончозы.
Бу керекти ичкери јылдырза,
Каруулу болор олор ончозы.

Ӱчӱзи—олорго, биске—бежӱзи,
Је береечи болдоор алтыны.
Ончозы слерге кайра бурылды.
Болгон эди ончозы менийи.

Оныла кожо турушпагаҥ
Кату-казыр керекке.
Је качан да ол айткан:
Ончозы тийди кӱӱниме.

Чындабынаҥ ол изӱ,
Мениле калас беришпе.
Кемниҥ де сӧзин кезе сокпо,
Сананбай ого киришпе.

Ол керегинде билбей јӱрзин,
Айдып салдыҥ болгобой.
Арткандары турушпаган,
Јажыдыс бистиҥ болгой.»

«Бу сӱреен јаан учурлу керелеш» деп, Бий алакандарын јыжыштырып айтты. «Бого кӧрӧ, бӱтӱн болгон керектер тен сооттош. А эмди присяжныйлар санаҥгылазын чыгаратан…»

Алиса Бийге учына јетире айдарга бербеди. «Олордыҥ бир-бирӱзи меге ӱлгерди јартап берзе, мен ого алты пенс берерим. Ӱлгерде кандый да учур јок деп, мен аланзыбай јадым!» деп, Алиса айтты. (Бу ла ӧйдӧ ол база ла ӧзӧ берген. Эмди ого не де тыгынып болбос.)

Присяжныйлар ӱлгерди јартаарга ченешпей де, јӱк бичигиледи: «Ӱлгерде кандый да учур јок деп, *ол аланзыбай јат!*»

«Ӱлгерде кандый да учур јок болгоны сӱреен јакшы» деп, Бий темдектеди. «Айдарда, оны јартабас. Андый да болзо…» деп айдала, ӱлгерди тизезине салды. Оноҥ кӧзин сыкыйтып аҗыктайла, унчукты: «Сананзам, *„Је эҗиништеҥ кыйышкан“* дегенинде кандый да учур бар.» Оноҥ Валет јаар бурылала сурады: «Сен эҗинип болбозыҥ ине?»

Валет кунукчылду бажын јайкап айтты: «Кайдаҥ база!» (Мынызы чып-чын, не дезе, ол чаазын болгон.)

«Бот» деп Бий айдала, ойто ло ӱлгердиҥ ӱстине энчейди. «*„Ак-јарыкта оны билер ончозы“*—бу, аланзу јогынаҥ, присяжныйлар керегинде—*„Бу керекти ичкери јылдырза“*—бу, байла, Бий-Абакай керегинде—*„Каруулу болор олор ончозы“*—Аланзыш јогынаҥ болор эди!—*„Ӱчӱзи—олорго, биске—бежӱзи“*—бот, крендельдерле ол нени эткен!»

«*„Ончозы слерге кайра бурылды“* деп, анда айдылган ине» деп, Алиса темдектеди.

«Кайра бурылган эмей база!» деп, Бий улуркап кыйгырала, крендельдерлÿ тепши јаар колын уулады. *Мынызы јарт! „Чындабынаҥ ол изÿ“*»—деп кимиректенеле, Бий-Абакай јаар кöрÿп сурады: «Сен, эркежим, изÿ бе?»

«Бу канайып туруҥ? Мен изÿ тарыйын нени де этпегем. Мен бойымды тудуп билерим» дейле, Бий-Абакай Билльди чернильницала шыбалады. (Кööркий сабарыла доскодо бичиирин токтодып салган öй болгон, ненин учун дезе, анда не де кöрÿнбей турган. Эмди јÿзинеҥ тамчылаган чернилага сабарын тийдирип, тÿрген-деп бичип баштады.)

«Кемниҥ де сöзин кезе сокпо» деп Бий кычырала, ойто ло Бий-Абакай јаар кöрÿп сурады: «Сен *кезе согодыҥ ба*, эркежим?»

«Качан да андый кылык менде болбогон» деп, Бий-Абакай каруу јандырды. Оноҥ кайра бурылала, Билль јаар сабарын уулап кыйгырды: «Оныҥ бажын кезе согоор! Бажы ийиндеринеҥ тоолоно берзин!»

«А-а, билдим, сен *сости эмес, башты* кезе согодыҥ!» дейле, Бий кӱлӱмзиренип аjыктанды. Кем де кынгыс эдип унчукпады.

«Бу кокыр!» деп, Бий ачынып кыйгырарда, ончолоры каткырыжа берген. «Ол бурулу ба, буру jок по—присяжныйлар аайына чыксын» деп, Бий jирмезинчи катап айтты.

«Jок! Jаргыныҥ jöбин чыгаргылазын! Ол бурулу ба, буру jок по—аайына оноҥ чыгарыс» деп, Бий-Абакай айтты.

«Кей сöс! Мындый немени канай сананып табар!» деп, Алиса тыҥ айтты.

«Унчукпа!» деп, Бий-Абакай кызарып кыйгырды.

«Унчугарым!» деп, Алиса удурлашты.

«Оныҥ бажын кезигер!» деп, бар-jок ӱниле Бий-Абакай кыйгырды. Кем де jеринеҥ кыймыктабады.

«Слердеҥ кем коркор? Слер jӱк ле бир колодо кöзöрлöр ине!» деп, Алиса айтты. (Эмди ол алкы бойыныҥ сынына jетире öзö берген.)

Оны угала, ончо кöзöрлöр кейге кöдӱрилип, Алисаныҥ jӱзи jаар учтылар. Ол та корколо, та ачынала кыйгырып, кöзöрлöрди кайра согорго, чакпылана берди. ...Билинип келгежин, бажын эjезиниҥ тизелерине салала, jаратта jаткан болтыр. Эjези дезе, агаштаҥ тӱшкен jалбрактарды оныҥ jӱзинеҥ jалмай согот.

«Алиса эркем, ойгонзоҥ! Сен база узак ла уйуктадыҥ» деп, эjези айдат.

«Меге саҥ башка тӱш тӱжелди!» деп Алиса айдала, санаазында арткан кайкамчылу учуралдарды эjезине куучындап берди. (Олор керегинде сен jаҥы ла кычырган.) Ол куучынын тӱгезерде, эjези оны окшоп айтты: «Чын да, тӱш саҥ башка болтыр! Эмди тӱрген jӱгӱр, чайлашка оройтыдыҥ.» Алиса ол ло тарый айлы jаар jӱгӱрди. Бу кайкамчылу тӱжи керегинде ол jӱгӱрик бажында сананат.

Ӧјези ол ло бойынча јаратта отурды. Ээгине тайанала, ол бадып јаткан Кӱнди кӧрӱп, кичинек Алиса ла оның кайкамчылу учуралдары керегинде сананып отурала, ӱргӱлей берди. Ол мындый туш кӧрди.

Алиса кичинек колдорыла оның тизелерин кучакпай тудуп, јаан јылтыркай кӧстӧриле алдынаң ӧрӧ ајыктайт. Маңдайына тӱшкен чачын Алиса кайра чачарга, бажын силкигенин кӧрӧт, оның ӱнин угат. Ол тыңдаланза: айландыра ончозы тирилип, Алисага туҗелген саң башка тыңдулар оны курчайт.

Будыныҥ алдында узун öлöҥ шылырады—ол Ак Кролик кöндӱре маҥтаганы; јуутындагы буукта⁶¹ сууны чайбалтып, Уйкучы эжинип öтти; айак-казанныҥ кыҥыражы угулды—бу Тулаанай Койон ӱзӱти јогынаҥ најыларын чайладат; «Оныҥ бажын кезигер!» деп, Бий-Абакай öткӱн кыйгырат. Герцогинянын койнында јаткан кичинек мумпук ойто ло чичкирет, айландыра айактар чачылып шуулажат; ойто ло кейде Арсланкуштыҥ кыйгызы, доскодо грифельдердиҥ чыкыражы, јаба бастырган талай чочкочоктыҥ чыҥырыжы ла ыраакта кööркий Бозубаштыҥ сыгыды угулды.

Ол бойын Кайкалдыҥ Јеринде деп сананып, кöстöрин јумала отурды. Ол билер, кöстöрин ачып ла ийзе, айландыра ол ло азыйгы теп-тегин телекей; јӱк ле салкын öлöҥди шылырадар, буукла јайкуны⁶² сӱрӱп, кулузынды јайкаар; айак-казанныҥ кыҥырты койдыҥ мойнындагы кӱзӱҥининҥ шыҥыртына кöчö берер, Бий-Абакайдыҥ öткӱн ӱни— кӱдӱчининҥ кыйгызына, јаш баланыҥ ыйы ла Арслан-куштыҥ кыйгызы—малдыҥ мааражына, а Бозубаш-Јербаканыҥ онтузы ыраакта уйлардыҥ мööрöжине кожула берер.

Учында ого кичинек сыйнынын јаанап калганы эбелди. Ол эр кемине једеле, ол ло бала тужындагы сӱӱшле толгон јӱрегин чеберлеп, балдарды бойына эбиреде јууп јӱрер. Оныҥ айткан кайкамчылу чöрчöктöринеҥ *балдардыҥ* кöстöри суркуражар. Айса болзо, олорды Кайкалдыҥ Јериле таныштырып, олордыҥ чӱми јок ачу-короныла, чӱми јок сӱӱнчизиле ӱлежип, бойыныҥ бала тужын ла ырысту јайгы кӱндерин эске алар.

Jартамалду Сöзлик

1 витраж (*фр.* сöс—кöзнöктиҥ шили)—кöзнöктöрдö лö эжиктерде
öҥдÿ шилдер; шилдеҥ эткен jуруктар.

2 кутук—*орустап* колодец.

3 миля—талайлык кемjÿ.

4 реверанс—*фр.* сöс, ÿй улус тоомjызын кöргÿскенде, бажын
энчейтип, буттарына отура тÿшкени.

5 шил-jулалар—*орустап* светильник, лампа.

6 дюйм—кемjÿ, *кöнÿ кöчÿришле*, бир эргек.

7 jаманкуш—*орустап* индейка.

8 jымжак кампет—*орустап* помадка.

9 каарган ак калаш—*орустап* гренка.

10 шил кап—коробка.

11 коринка—кургадып салган кичинек кара ÿзÿм, *орустап* виноград.

12 шаараш—*орустап* решётка.

13 фут—*англ.* сöс, не-немениҥ узунын кемjиир кемjÿ. 1 футта—12
дюйм—ол 0,3048 метр.

14 лайка—кой ло эчкиниҥ терезинеҥ эткен jымжак, чöйилчеҥ тере.

15 герцогиня, герцог—Кÿнбадыш Европада эҥ бийик дворян
титулдардыҥ бирÿзи.

16 пансиондор—конор туралар.

17 Вильгельм Jуулаачы (Завоеватель)—Нормандияныҥ герцогы. 1066
j. Англияны jуулайла, англичан корольдордыҥ норман династиязын
тöзöгöн.

18 терьер—анчы, болушчы, jÿк айыл-jуртта jÿрер jараш иттердиҥ ук-
тöзи.

19 Рим Папа (Папа)—католик серкпениҥ ле Ватикан ороонныҥ јааны.

20 Англосакстар—*англы, саксы* деп герман уктар.

21, 23 Эдвин граф ла Моркар граф—Англиянын јарлу улузы.

22 Мерсия—6-чы чактыҥ учында англо-саксондор Британияны јуулап төзөгөн каандык—*орустап* королевство.

24 Нортумбрия—Британияда англо-саксондордыҥ эҥ тӱндӱк каандыгы.

25 Кентербери—Великобританияда кала.

26 нормандтар—(«тӱндӱк улус») варягтар ла викингтер—јебрен скандинавтар.

27 мисс—англичан тилдӱ ороондордо јаанай берген кыска баштану.

28 сайгак öлöҥ—*орустап* чертополох.

29 от-чакайак—*орустап* лютик деп чечек.

30 обызын—*орустап* фокус.

31 куколка—курт-коҥыстыҥ бала тужы.

32 «Вильям ада» («Папа Вильям»)—Роберт Саути (1774–1843) деп англичан поэттиҥ ӱлгерине пародия.

33 ливрея—лакейлердиҥ, швейцарлардыҥ, кучерлердиҥ аҥылу кийими.

34 бий-абакай (кöзöрдö)—*орустап* дама; бий (кöзöрдö)—*орустап* король.

35 крокет—спорт ойын.

36 чешир мый—Кэрроллдыҥ öйинде 'чешир мый чылап, кӱлӱмзиренет' (*улыбается, как чеширский кот*) деп, јаантайын айдыжатан. Бу чечен сöстиҥ табылганы јарт эмес.

37 сускуш—*орустап* совок.

38 талайдыҥ јылдызы—*орустап* морская звезда.

39 шляпник—шляпалар кöктöп турган ус.

40 теерер—*орустап* парить.

41 конторка—1) турала эмезе отурала бичинер бийик стол; 2) цехтиҥ башкараачызыныҥ эмезе устыҥ иштенер кичинек кыбы.

42 кӱкӱрт чечек—*орустап* тюльпан.

43 эштилер—кöзöрдиҥ кöзи.

44 широениҥ јууктары—*орустап* придворные.

45 кирпи—*орустап* ёж.

46 ӱкӱстеер—карамтыгар, отура уйуктаар.

47 соксондоор—кекенер, согужарга чырмайар.

48 алмак—јакшы, јозокту, кöрӱмјилӱ; алмак сöс—быйанду сöс.

49 ӱредӱ сöс—сургаду, *орустап* мораль.

50 Арсланкуш—Кэрроллдыҥ чӧрчӧгинде Грифон. Ол кӧп-кӧп калыктардыҥ соојындарына кирген тынду. Оныҥ оборын кӧргӧндӧ, ол јарымдай куш, јарымдай аҥ. Чикезинче, бу куулгазын тынду мӱркӱт башту, јаан канаттарлу, учазы—казыр арслан.

51 корты—1) *орустап* налим деп балык; 2) мойнына илип алар аҥчыныҥ јепсели (мӱӱсте—тары, тере баштыкта—быдраа; быдраа—*орустап* дробь).

52 чодрак—*орустап* сибирский голец деп балык.

53 азыбаш—*орустап* карп деп балык.

54 сыла—*орустап* судак деп балык.

55 пергамент—1) јебренде, чаазын јок тушта, бозуныҥ терезинеҥ јазаган бичиир јазал; 2) ӱс те, суу да ӧткӱрбес чаазын.

56 фронтиспис (*фр.* сӧс, «кӧрӧр» дегени)—бичиктеги јуруктар; бичиктиҥ титулыныҥ сол јанында автордыҥ сӱри эмезе бичик керегинде сӧс.

57 шиллинг—1) англичан оок акча, оныла 1971 ј. јетире тузаланган; 2) анайда ок Австрияныҥ ла кезик африкан ороондордыҥ (Кения, Танзания ла ӧ.) акчазы.

58 пенс—1) 1971 ј. јетире Великобританияныҥ тузаланган оок акчазы; 2) Ирландияда оок акча; 3) озогы ӧйдӧ англо-саксондордыҥ мӧнӱн акчазы (18 ч. учынаҥ ары—куулы, 1860 ј. ары—кӱлер).

59 карчый-терчий—*орустап* перекрёстный.

60 керелеер темдек—*орустап* улика.

61 буук—буунты суу.

62 јайку (сууныҥ ӱстинде)—*орустап* рябь.